촛불, 서구를 밝히다

촛불, 서구를 밝히다

김창관의 서구형 자치와 균형이야기

김창관

글통

인연이 내 삶에 새긴 길

처음 이 책을 쓰기 시작했을 때 나는, 한 사람의 기록을 남긴다는 것이 얼마나 조심스럽고 벅찬 일인지 알지 못했습니다.

지난 시간을 되돌아보면, 내가 걸어온 길은 결코 혼자 만든 길이 아니었습니다.

어떤 날은 누군가가 내게 손을 내밀어줬고, 또 어떤 날은 누군가의 말 한마디가 내 마음을 다잡아 주었습니다.

그 인연들 가운데 특별히 깊게 마음에 남은
두 분이 계십니다.
박범계 의원님, 그리고 장종태 의원님.

이 책을 열어보는 독자들께

나의 정치와 삶을 조금 더 솔직하게 보여드리고 싶은 마음으로 두 분의 이름을 이 서문의 첫 페이지에 적습니다.

조용한 등불처럼 제 곁을 밝혀주신 박범계 의원님

저에게 서구 의원의 입문 기회를 주신 분.
정치를 시작한 순간부터 지금까지
나는 수없이 흔들렸고, 때로는 방향을 잃기도 했습니다.
사람의 마음이란 바람 앞의 촛불 같아
스스로도 어디로 기울고 있는지 몰랐던 시절이 있었습니다.

그때마다 박범계 의원님은 말없이 제 길 위에 조용한 등불처럼 함께해주셨습니다. 따뜻함을 억누른 단단한 음성으로 이렇게 말씀하시곤 했습니다.

"사람을 잃지 않는 길이 결국 맞는 길일세"

그 짧은 문장이 제 안의 무게 중심이 되었습니다.
밤새 뒤척이던 어떤 고민도 그 말을 떠올리면 다시 제자리로 돌아왔습니다. 그래서 저는 지금도 '정치의 중심'은 사람이었다는 사실을 잊지 않습니다.

그리고 그 중심을 알려준 분이 바로
박범계 의원님이셨습니다.

사람 속에서 정치의 숨결을 가르쳐준 장종태 의원님

장종태 의원님과의 인연은 서구청장과 서구의장의 인연으로
현장이라는 이름의 교실에서 시작된 배움이었습니다.
새벽의 한기 속에서 시장 골목을 함께 걸으며
상인들의 삶의 온도를 느꼈고,
좁은 골목 끝에서 만난 주민들의 작은 사연 속에서
정치가 있어야 할 곳이 어디인지 다시 배웠습니다.
장 의원님은 늘 이렇게 말씀하셨습니다.

"정치의 답은 책이 아니라 사람 속에 있답니다."

그 말은 저를 책상 위에서 일으켜 세웠고
발로 답을 찾는 정치인의 길로 이끌었습니다.
서구의 골목마다 남아 있는 제 발자국은
그분께 배운 부지런한 가르침을 조용히 증명하는
기록이기도 합니다.

이 책은 나의 기록이기 전에, 인연의 기록입니다

박범계 의원님이 안겨주신 '중심',
장종태 의원님에게서 배운 '현장',
그리고 그 사이를 묵묵히 걸어온 나의 시간이
겹겹이 쌓여 지금의 제가 되었습니다.

그래서 이 책은 저의 이름 아래 묶여 있지만
그 내용만큼은 결코 혼자의 것이 아닙니다.
나를 일으켜 세워준 사람들과,
나의 걸음을 끝까지 믿어준 주민들,
그리고 수많은 인연의 온기가
한 장 한 장 자연스럽게 스며 있습니다.
조용히 책장을 넘기다 보면,
제 삶의 어느 순간에 오래 머물러 있던 감사의 마음이
이 서문을 통해 다시 한번 여러분 곁으로
다가 가기를 바랍니다.

2025년 겨울
김창관 씀

김창관 SNS 바로가기

유튜브

페이스북

인스타그램

블로그

촛불, 서구를 밝히다_ 목차

프롤로그

에필로그

여의도 버스

여의도 버스일기를 시작하며

여의도로 향하는 버스는 제게 단순한 이동 경로가 아니라, 정치가 어디를 바라봐야 하는지를 매일 확인시켜 주는 현실의 교실이었습니다. 버스 안에서 새겨보는 구민 한 분 한 분의 삶은 숫자가 아니라 얼굴이었고, 통계가 아니라 절박한 목소리였습니다. 저는 그 목소리에서 정치가 가야 할 방향을 분명히 들었습니다. 정치는 결국 시민의 삶을 지키는 마지막 안전망이어야 한다는 것을 말입니다.

버스 창밖의 풍경은 지나며 바뀌지만, 시민들의 어려움은 바뀌지 않았습니다. 물가와 주거의 압박, 교육과 돌봄의 불안, 지역 간 격차와 불공정. 정치가 바로 서지 못하면 이 모든 문제를 가장 먼저 떠안는 것은 늘 서민과 청년, 노년층입니다. 그래서 저는 여의도행 버스를 타면서 스스로 다짐했습니다.

"정치는 유불리가 아니라 옳고 그름의 문제다. 나는 반드시 옳은 쪽에 서겠다."

여의도 생활은 저에게 '정치의 본질'이 무엇인지 다시 묻게 했습니다. 정치란 자리를 지키는 기술이 아니라, 시민의 일상을 바꾸는 용기라는 사실입니다. 이 용기가 사라지면 정치는 방향을 잃고, 국민은 희망을 잃습니다. 그래서 저는 침묵보다 행동을, 관망보다 책임을 선택하려 합니다.

누가 불편해하더라도, 누가 막아서더라도, 불공정과 부당함

앞에서는 반드시 말하는 정치를 하겠다고 다짐했습니다.

제가 타고 여의도로 가는 버스는 세상을 되돌아 보는 명상의 시간이었습니다. 그 속에서 저는 한 가지 확실한 결론에 도달했습니다. 정치는 멀리 있는 것이 아니라 시민의 출근길, 아이들의 통학길, 어르신의 병원길 속에 있다는 것. 그 길을 편안하게 만드는 것이 바로 정치의 역할이고, 그 역할을 다하지 못한다면 어떤 명분도 책임을 대신할 수 없다는 것입니다.

그래서 '여의도 버스일기'는 기록이 아니라 선언입니다.

저는 앞으로도 시민의 눈높이에서, 시민의 삶 한가운데에서 정치하겠다는 선언입니다.

특권보다 상식을, 권력보다 정의를, 이해관계보다 시민을 우선하는 정치. 그 정치가 바로 제가 가고자 하는 길입니다.

함께 읽어주시고 공감해 주신 모든 분께 깊이 감사드립니다. 여의도 버스는 오늘도 시민의 삶을 향해 달리고 있습니다. 그리고 저는 그 버스 안에서, 반드시 바꾸겠다는 정치의 의지를 다시 품습니다.

여의도 버스일기 1.

　국민이 체감할 수 있는 진정한 정치혁신의 대안을 모색하기 위해, 정성호 국회의원실 주관으로 "대전환 시대의 정치개혁, 어떻게 할 것인가?"를 주제로 한 의미 있는 토론회가 국회 세미나실에서 열렸습니다. 이날 세미나는 김용복 경남대학교 교수가 사회를 맡아 균형 잡힌 진행을 이끌었으며, 각 분야의 전문 패널들이 참여해 현 정치 구조의 문제와 향후 개혁 방향을 다각도로 분석하고 제언했습니다. 또한 김상희·양경숙·양정숙 국회의원께서 직접 참석해 현장에서 뜨거운 관심과 열띤 토론을 이어가며, 국회가 나아가야 할 개혁의 방향을 함께 모색했습니다.

　특히 주제발표에서는 김두관 국회의원이 제안한 '개방형 정당 명부제' 비례대표 공천개혁안이 중요한 사례로 언급되었는데, 이는 정당의 공천 과정을 보다 투명하게 만들고 국민이 참여할 수 있는 통로를 확대하자는 취지로, 향후 우리 정치가 신뢰를 회복하는 데 필수적인 제도라는 점에서 깊은 공감을 이끌어냈습니다.

　이에 참석자들은 민주당이 앞장서서 국민의 눈높이에 부합하는 정치개혁과 혁신안을 마련해야 한다는 데 뜻을 함께하며, 앞으로도 실질적인 변화로 이어질 수 있도록 의지를 모아가기로 했습니다.

여의도 버스일기 2.

이번 주말은 정말 숨 가쁘게 지나갔습니다. 자치분권 활동가로서 현장에서 쌓아온 경험을 바탕으로, 대전 서구 주민들을 만나 주민자치의 의미와 미래 방향을 나누는 강의를 진행했습니다.

강의를 마치고 곧바로 농장으로 향해, 늦가을 햇살 아래 잘 말라가던 들깨를 뒤집고, 다가올 계절을 준비하며 마늘과 양파 모종도 하나하나 정성껏 심었습니다. 한파주의보가 내려진다는 예보가 있었던 터라 비닐하우스 시설도 꼼꼼히 점검했습니다. 혹시 모를 바람 샌 곳은 없는지, 겨울을 나는 작물들이 무사히 자랄 수 있을지 살피다 보니 시간이 훌쩍 흘러버렸습니다.

그 와중에 농장 한쪽에서 자연의 손길로 스스로 자라난 돌미나리가 눈에 띄어, 그것을 한 줌 뜯어와 준비해둔 전복과 함께 라면을 끓여 먹었습니다. 자연이 주는 선물과 땀 흘린 노동이 어우러진 한 그릇의 별미는, 그 어떤 값비싼 음식도 따라올 수 없는 깊은 만족과 보람을 안겨주었습니다. 주말 내내 몸은 분주했지만 마음은 자연과 사람, 공동체와 미래를 함께 생각하는 소중한 시간으로 가득 찼습니다.

이제 다시 여의도로 향합니다. 다시 시민들의 삶과 민주주의의 현장을 마주하러, 또 새로운 한 주를 시작하러 떠납니다.

여의도 버스일기 3.

 오늘은 유난히 숨을 깊게 들이마시게 되는 하루였다.

 아마도 올해 자치분권연구소의 마지막 프로젝트가 될 광명시 자치분권기본계획 연구용역 계약을 마무리하고, 서둘러 대전으로 내려오는 길 때문인지 모른다. 연구소가 올 한 해 걸어온 모든 걸음들이 머릿속을 스쳐 지나갔다. 때론 버겁고, 때론 뿌듯했고, 또 어떤 순간엔 우리가 정말 올바른 방향으로 가고 있는지 스스로에게 묻게 되는 시간도 있었다. 그 모든 고민과 과정이 오늘의 계약이라는 작은 결실 속에 고요하게 녹아 있었다.

 저녁 무렵, 대전에 도착해 미래정치아카데미 8기 송년회와 회장 이·취임식에 참석했다. 익숙한 얼굴들, 오랜 시간 함께 마음을 나눠온 동료들, 그리고 한 해를 정리하는 특유의 따뜻한 공기가 행사장 곳곳에 흐르고 있었다.

 특히 1년 동안 헌신하며 아카데미를 이끌어준 송원빈 전임 회장님을 바라보니, 누군가의 진심 어린 리더십이 공동체를 얼마나 단단하게 만드는지 새삼 깨닫게 되었다.

 그리고 새로운 출발선에 선 최현희 신임 회장님에게는 자연스레 응원의 마음이 피어올랐다. 앞으로 펼쳐질 또 다른 1년의 여정이 얼마나 풍성하고 의미 있게 채워질지 기대가 되었다.

오늘 하루는 일의 마무리와 사람들의 온기가 절묘하게 겹쳐진 날이었다.

그래서인지 마음 한편이 참 따뜻했다.

올해 참 많은 일이 있었지만, 그 끝자락에서 이렇게 감사와 다짐을 함께 느낄 수 있다는 것이 새삼 큰 선물처럼 느껴진다.

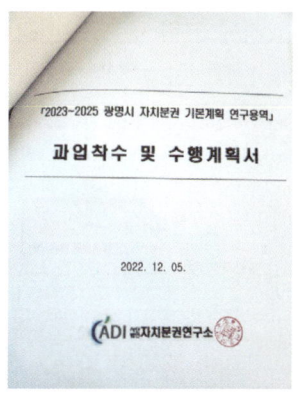

여의도 버스일기 4.

오늘은 유난히 시간이 묵직하게 흘렀다.

국회에서 열린 토론회에서 생애 첫 사회를 맡아 2시간 넘게 자리를 지켰다. 단순히 진행을 넘어서, 말 한마디 한마디에 책임이 실리는 자리였기에 시작 전까지 심장이 조금 빨리 뛰었다. 그런데 막상 마이크를 잡고 얼굴을 마주하는 순간, 그 떨림은 서서히 사라지고 자연스러운 집중과 흐름이 내 안에 자리 잡았다.

발제와 좌장을 맡아주신 경희대 유가영 교수님, 그리고 각자의 분야에서 묵묵히 준비해 온 패널 덕분에 토론회는 기대보다 훨씬 부드럽고 풍성하게 흘러갔다. 누군가 억지로 끌고 가는 자리가 아니라, 서로의 생각이 자연스럽게 이어지고 확장되는 시간이었다.

이런 흐름이 얼마나 소중한지, 마주한 순간 새삼 크게 깨닫게 된다.

바쁜 일정 속에서도 자리를 빛내주신 김두관 의원님, 신정훈 의원님의 격려와 참여는 오늘을 더 의미 있게 만들어주었다. 정치와 행정의 현장에서 자치의 가치를 함께 고민하는 이들의 마음이 모일 때, 작은 토론 한 번이 다음 해의 변화를 만들어 내는 씨앗이 된다는 것을 다시 느낀다.

토론회를 마친 뒤, 자치분권연구소 식구들과 조용히 송년 자리를 가졌다. 국회 앞 작은 식당, 화려하진 않지만 마음이 편안해지는 공간에서 한 해를 함께 버텨온 서로를 격려했다.

누군가는 올해의 고생을 웃으며 털어냈고, 누군가는 내년에 펼쳐질 새로운 계획과 다짐을 조심스레 나눴다. 그 순간만큼은 모두가 한 팀이었고, 한 방향을 바라보는 동행자였다.

고단한 하루였지만, 돌아오는 길에 마음이 이상하게 밝았다.

오늘의 토론, 오늘의 대화, 오늘의 격려가 내년의 2차 토론회와 또 다른 도전의 기초가 되리라는 믿음이 생겼기 때문이다.

올해의 끝자락에서, 작은 응원과 따뜻한 동료들의 존재가 이렇게 큰 힘이 된다는 사실을 다시 새긴다.

그리고 나는 또 한 번, 내년을 향한 마음을 단단히 다져본다.

여의도 버스일기 5.

설날 연휴가 끝나자마자, 매서운 한파가 전국을 가득 채웠다. 도시 전체가 거대한 냉장고 속에 갇힌 듯, 숨조차 차갑게 얼어붙는 아침.

TV를 켜면 방송사들은 연일 "최강 한파"라는 붉은 자막을 띄우며 속보를 전하고, 창밖으로 내다보이는 거리는 사람들의 발걸음까지 조심스럽게 만드는 겨울의 기세로 가득하다.

그래도 연휴가 끝난 첫날, 마음만큼은 얼어붙게 둘 수 없어 아침 일찍 눈을 떴다.

몸을 털며 여의도공원으로 향했고, 서늘한 공기를 온몸으로 맞으며 공원을 한 바퀴 돌았다.

얼어붙은 공기 속에서도 나무들은 묵묵히 버티고, 바람은 매서웠지만 그 속에 묘한 경건함이 있었다. 걸음을 옮길 때마다 지난 연휴 동안 미뤄두었던 마음의 짐이 조금씩 내려가고, 새해 초입에 다시 세워야 할 각오들이 선명하게 다가왔다.

추위로 굳어 있던 몸을 녹이기 위해 길가에서 김이 모락모락 올라오는 어묵 국물 한 사발을 들었다.

차가운 공기 속에서 따뜻한 국물이 목을 타고 내려가는 순간, 온몸에 작은 안식이 찾아왔다.

그 짧은 순간이 얼마나 큰 위로가 되는지, 겨울만이 알려주는 감각이었다.

따스함이 스며든 틈을 놓치지 않고, 바로 국회로 향했다.

오후에 예정된 면담을 위해 정리해둔 보고서를 다시 한 번 살펴보며 마음을 가다듬었다.

차가운 바람 속에서도 해야 할 길을 또박또박 걸어가는 사람들의 발걸음을 보며, 나 역시 오늘 하루의 자리로 들어가는 마음이 조금 더 단단해졌다.

한파 속에서도 결국 우리를 살아가게 하는 건 서로의 안부와 따뜻한 마음이라는 생각을 했다.

이 추운 날씨 속에서 모두가 건강을 잘 챙기고, 따뜻한 하루하루를 보내길 진심으로 바란다.

여의도 버스일기 6.

국회 의원회관 2층 전시실에 들어서는 순간, 아직 겨울의 찬 기운이 남아 있음에도 불구하고 공간 전체가 한결 따뜻해진 듯했다.

'다시, 봄'이라는 제목처럼, 오래 기다린 새 계절이 조용히, 그러나 단단한 기운으로 우리 곁으로 스며드는 느낌이었다.

이번 전시는 김두관 의원실의 주관으로 마련되었고, 김진표 국회의장님을 비롯해 서영교·박광온·소병철 의원님, 그리고 동양미술을 사랑하는 많은 분들이 함께 자리해 주셨습니다. 서로의 온기가 스며든 인사와 눈빛 속에서, 예술이 사람을 다시 봄으로 이끈다는 사실을 새삼 느끼게 되었다.

전시의 주인공인 이동원 작가님은 연암 박지원의 사유와 매화꽃의 정신을 한 폭의 화면에 고요하고도 깊이 있게 담아냈다.

매화는 눈 속에서도 가장 먼저 피어 봄을 알리는 꽃이자, 선비정신을 상징하는 존재다. 그 매화를 통해 연암의 학문적 기개와 시대를 바라보는 통찰을 현대적으로 재해석한 작품들은, 관람객에게 한 걸음 멈춰 서서 마음을 들여다보라고 속삭이는 듯했다.

혹독한 계절을 견디고 피어나는 작고 단단한 꽃잎처럼, 우리의 삶에도 다시 봄이 오고 있음을 알려주는 자리였다.

다가올 계절의 기척을 그림 속에서 먼저 만나며, 잠시나마 마음에 부드러운 따스함이 내려앉는 시간을 가져보면 어떨지 …

여의도 버스일기 7.

사단법인 자치분권연구소의 2023년 정기총회가 올해는 더욱 특별한 의미 속에서 열렸다. 전국 각지에서 예상보다 훨씬 많은 회원들이 국회에 한자리에 모였고, 서로의 얼굴을 마주한 순간 그동안의 노고와 열정이 자연스레 공감으로 이어진다.

회의장은 자치와 분권이라는 공통의 꿈을 품은 이들의 열기로 차분하면서도 강한 에너지가 감돌고 지난 한 해 동안의 성과를 돌아보고, 새로운 도약을 향한 과제들을 공유하며, 연구소가 앞으로 나아가야 할 방향에 대해 모두가 한 마음으로 생각을 모았다. '우리의 길이 헛되지 않았다'는 안도와 '이제 더 멀리 가야 한다'는 다짐이 동시에 느껴지는 순간이었다.

특히 김두관 상임고문님의 깊이 있는 격려 말씀, 연구소의 기반을 지켜온 신정훈 전 이사장님의 진심 어린 소회, 그리고 새롭게 취임한 송창석 신임 이사장님의 힘찬 포부가 회원들에게 큰 울림을 주었다.

이 모든 흐름이 자연스럽게 이어지며 자치분권연구소의 새로운 출발을 알리는 힘 있는 선언처럼 느껴졌다.

멀리서 달려온 회원 여러분 한 분 한 분의 참여와 헌신이 있었기에 총회는 어느 해보다 풍성하고 성공적으로 마무리될 수 있었다.

자치와 분권의 가치를 더욱 넓히기 위해 서로에게 용기를 나누고, 다시 한 번 마음을 모은 소중한 자리였다. 모두의 정성과 열정에 깊은 감사와 응원을 전하며, 2023년, 자치분권연구소의 새로운 여정이 더욱 빛나길 기대해 본다.

여의도 버스일기 8.

　일주일의 새로운 시작을 알리는 월요일 아침, 저는 오늘도 어김없이 여의도공원 산책으로 하루 문을 엽니다. 과거 거대한 행사 공간이었던 이 넓은 광장, 흔히 '구 5·16광장'이라 불리던 이곳이 지금은 싱그러운 나무와 넓은 잔디, 시민들의 웃음이 어우러진 공원으로 다시 태어나 서울 시민의 품으로 돌아온 것이 얼마나 다행스러운 일인지 새삼 느끼게 됩니다.

　도심 한가운데 있으면서도 고요함을 품은 여의도공원은, 이른 아침이면 바람 소리와 새소리만이 가볍게 귓가를 스칩니다.

　오늘은 특히나 하늘이 한층 더 맑고, 미세먼지도 보이지 않아 걷는 발걸음마다 상쾌함이 가득했습니다. 겨울 끝자락의 차가운 공기 속에서도 어딘가 봄을 부르는 기운이 느껴져, 몸과 마음이 함께 정돈되는 듯했습니다.

　한 바퀴 천천히 걸으며 새로운 한 주를 어떻게 보내고 싶은지 스스로에게 묻다 보면, 자연스레 마음이 차분해지고 하루를 긍정적으로 시작할 힘이 생깁니다. 이 작은 루틴이지만, 저에게는 무엇보다 소중한 월요일의 의식입니다.

　모든 분께서도 이 맑은 여의도 아침의 기운처럼, 이번 한 주 내내 좋은 일들만 가득하시길 진심으로 바랍니다. 따뜻하고 단단한 한 주 보내세요

여의도 버스일기 9.

"구로차량기지 광명 이전 관련 갈등 토론회"가 국회 대회의실에서 열렸다.

광명시청 공식 유튜브 채널을 통해 현장이 생중계되면서 온라인에서도 많은 시민 분들이 실시간으로 참여하고 의견을 남겨주셨다.

500석 가까운 국회 대회의실. 넓은 공간, 빽빽이 채워지는 사람들의 시선, 그리고 모두의 기대가 모여드는 자리에서 사회를 맡았던 터라, 솔직히 긴장도 적지 않았지만 국회 대회의실에서 사회를 본다는게 긴장도 되고 무한 영광이다.

여러 관계자분들의 도움과 시민들의 관심이 뒷받침되어 예정된 의제를 차분히 이끌어갈 수 있었고,

행사를 마치고 내려오는 순간, 비로소 온몸에서 긴장이 풀리며 '오늘도 한 고비 넘겼다'는 안도의 숨이 나왔다.

늦은 시간 대전에 도착하니 긴장이 풀린다.

길고도 긴 하루였지만, 의미와 고단함, 그리고 작은 행복까지 모두 담긴 하루였다.

이런 경험들이 결국 제 삶을 한 층 더 단단하게 만들어주는 것 같다.

여의도 버스일기 10.

여의도에 있는 사단법인 자치분권연구소 사무실에서,

지방분권제주도민행동본부와 자치분권연구소 간 지역 균형발전 업무협약식을 진행했다.

오늘 자리에는 송재호 제주갑 국회의원님, 그리고 제주에서 먼 길을 마다하지 않고 올라오신 송창석 이사장님과 여러 임원진 여러분이 함께해 주셨다.

오랜 비행 끝에 도착하신 분들의 얼굴에는 피곤함보다, 제주 특별자치도의 미래를 향한 진지한 기대와 의지가 더 진하게 묻어 있었다.

협약서를 마주하고 서명을 나누는 순간, 단순한 문서의 교환이 아니라

'제주가 다시 한 걸음 더 도약할 수 있는 새로운 흐름을 함께 만들겠다'는 약속을 서로 나누는 것 같아 마음이 한층 뜨거워졌다.

지역 간 격차를 줄이고 대한민국의 균형발전을 실현하기 위해 제주가 먼저 실험하고, 먼저 변화하고, 먼저 보여주겠다는 강한 염원이 공간을 가득 채웠다.

짧지만 깊은 대화를 나누며, 제주가 지닌 자치의 정신과 가능성이 얼마나 큰지 다시금 느꼈다.

그리고 그 여정에 자치분권연구소가 작은 힘이라도 보탤 수

있다는 사실이 개인적으로도 큰 의미로 다가왔다.

이번 업무협약이 단순한 행사로 그치지 않고,

제주특별자치도가 앞으로 더 넓은 날개를 펼치고 새로운 도약을 이루는 데 실질적인 힘이 되기를 진심으로 바란다.

오늘의 만남이 그 첫걸음이 되었다는 생각에 마음이 든든하고, 앞으로 펼쳐질 변화의 길이 더욱 기대된다.

여의도 버스일기 11.

이번 주말은 제게 더욱 특별한 시간이었습니다.

텃밭 농장에 늘 변함없는 응원을 보내주는 고교 동창들, 그리고 교회 국내선교회 권사님·집사님들이 한자리에 모여 주셨습니다.

싱싱하게 자란 채소를 바로 따서 고기와 함께 구워 먹고, 그동안 나누지 못했던 이야기들을 천천히 풀어놓으며, 도심에서는 느끼기 어려운 여유와 웃음이 가득한 하루를 보냈습니다.

저는 언제나 그렇듯 '주말 농부 모드'로 변신해 땅콩에 북도 주고, 다가올 김장철에 쓸 대파도 심었습니다.

밭 이곳저곳을 둘러보니 곧 따낼 준비를 하고 있는 옥수수들이 든든하게 자라 있어 자연의 흐름에 맞춰 농사가 주는 즐거움을 다시 한 번 느끼게 되었습니다.

또 오랜만에 서울에서 딸이 내려와 가족이 함께 저녁 식사를 하며 대전에서 한 주를 따뜻하게 마무리했습니다.

짧은 시간이었지만 서로의 안부를 깊이 챙기고, 마음에 힘을 채우는 귀한 순간이었습니다.

이제 다시 여의도로 올라와 새로운 한 주를 시작하려 합니다. 삶의 자리는 늘 바쁘게 흘러가지만, 저는 언제나 준비되어 있는 사람으로, 흔들리지 않는 마음으로 제 길을 걷고자 합니다.

자연 속에서 얻은 평온과 가족·지인들의 응원을 힘으로 삼아, 이번 주도 묵묵히 제 할 일을 이어가려 합니다.

여의도 버스일기 12.

서울 노원구청 공무원청렴도 연구용역에 연구원으로 참여해서 드디어 최종보고서를 제출했다.

노원구청을 이용한 민원인들께 일일이 전화해 의견을 듣고, 공무원분들이 작성해 준 설문지를 하나씩 분석하면서 자료를 쌓아갔다. 그런 과정을 거쳐 보고서가 완성됐을 때, 스스로도 꽤 뿌듯하고 보람이 있었다

이 자료들이 잘 반영돼서 앞으로 노원구청이 구민들에게 더 신뢰받고, 올바른 방향으로 구정을 펼치는 데 도움이 되면 좋겠다는 생각이 자연스럽게 들었다

이어 경기도의회 염종현 의장님을 찾아뵙고 자치분권연구소가 어떤 일을 하는 곳인지, 어떤 목표를 갖고 있는지 직접 설명도 드렸다

의장님께서도 경기도의회에 대해 자세히 들려주셨는데, 의원이 155명의 큰 의회를 이끌어 가는 분답게 관록도 깊고, 이미 많은 일들을 진두지휘하고 계셨다.

짧은 만남이었지만 배울 점도 많았고, 앞으로 어떤 협업과 연계가 가능할지 여러 생각이 스쳤다.

하루가 제법 길고 바쁘긴 했지만, 그래도 의미 있는 시간들이라 힘든 줄도 몰랐다.

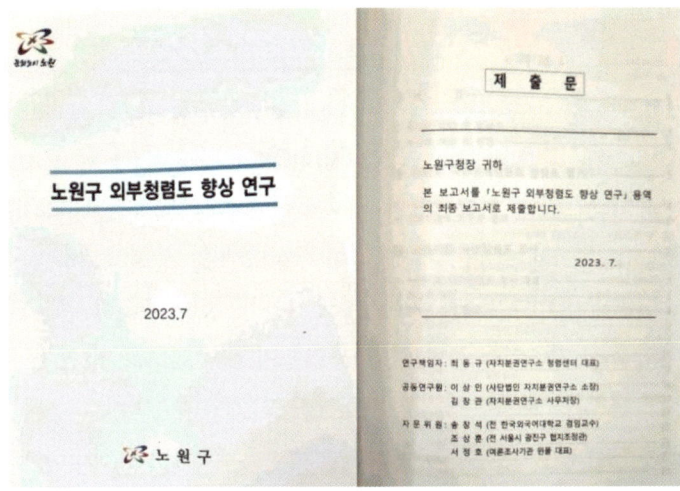

여의도 버스일기 13.

현장의 열기는 말 그대로 벅찬 감동 그 자체였다.

순간적으로 스쳐 지나가는 인파의 흐름, 사람들의 표정, 곳곳에서 터져 나오는 환호를 마주하고 있으니, 마치 대선 유세장을 떠올리게 할 만큼 뜨거운 열기가 공간을 가득 채웠다.

이재명 대표가 퇴원 후 처음으로 강서구청장 보궐과 관련된 현장을 찾자, 이를 반기려는 시민들이 자발적으로 모여들며 강서 일대는 순식간에 인산인해를 이루었다.

그야말로 구름처럼 모여드는 군중이었고, 그 중심에는 오랜 기다림 끝에 직접 대표를 보게 된 시민들의 기대와 감정이 켜켜이 쌓여 있었다.

현장의 분위기는 단순한 응원이나 환호를 넘어, 정치가 사람들의 삶과 일상에 얼마나 깊이 연결되어 있는지 체감하게 하는 상징적 장면이었다.

많은 시민들은 대표의 회복 소식에 안도하면서도, 향후 정국과 강서구의 흐름에 어떤 변화가 있을지 주목하고 있었다.

강서 주민들의 높은 관심과 참여, 그리고 현장을 가득 메운 에너지는 분명 이번 선거의 중요한 변수로 작용할 것이다.

오늘의 장면은 그 자체로 정치적 흐름을 가늠하게 해주는 하나의 신호이며, 앞으로의 국면이 어떻게 전개될지 더욱 시선을 주목하게 했다.

여의도 버스일기 14.

관악산에 올라 가벼운 산행을 하며 이해찬 전 총리님을 오랫동안 곁에서 모셨던 김 선배님, 그리고 여론조사 업체를 운영하며 현장의 민심을 누구보다 깊이 이해하는 서 선배님과 함께 가을의 기운을 온몸으로 느껴보는 시간을 보냈다.

산길을 따라 천천히 걸음을 옮기다 보니 발밑에는 낙엽이 바스락거리고, 나뭇잎 사이로 스며드는 햇살은 한결 부드러워져 어느새 계절이 깊어졌음을 실감하게 했다.

산행의 묘미는 역시 중간에 들르는 호압사에서의 국수 공양으로, 따뜻한 그릇 하나가 몸을 녹이고 마음까지 채워주는 특별한 별미가 아닐 수 없다.

오곡백과가 무르익어 풍성함을 자랑하는 이 계절, 관악산은 곳곳이 색으로 물들어 마치 한 폭의 가을 수채화를 걷는 듯 아름다움을 전해준다.

여의도 버스일기 15.

오늘, 국회 대회의실이라는 뜻깊은 공간에서 시대일보사가 선정한 대한민국 자치대상 지역발전 부문 대상을 수상하는 기회를 얻게 되었다는 소식은 이루 말할 수 없는 감동과 감사의 마음을 안겨주었다.

돌아보면, 지역 균형발전과 자치분권이라는 큰 목표를 위해 몸과 마음을 바쳐온 시간이 어느덧 20년이 넘었다는 사실에 새삼 놀라움과 뿌듯함이 교차한다.

처음 시작할 때는 작은 열정과 몇 가지 아이디어가 전부였지만, 그 시간 속에서 만난 수많은 사람들, 함께 고민하고 도전했던 동료들, 그리고 묵묵히 지켜봐 주신 주민들의 믿음과 응원이 오늘 이 순간을 가능하게 한 소중한 밑거름이 되었다는 것을 느낀다.

자치분권연구소 사무처장이라는 자리에서 이 상을 받게 되었기에, 그 의미가 단순한 개인의 성취를 넘어 우리 모두가 걸어온 길의 성과를 함께 나누는 자리로 느껴진다.

지역발전과 국가균형발전을 위해 뿌린 작은 씨앗들이 조금씩 결실을 맺어, 시민과 지역사회에 실질적인 변화를 가져올 수 있다는 확신은 다시금 마음을 다잡게 한다.

앞으로도 이 길을 흔들림 없이 걸으며, 더 큰 책임감과 사명감을 가지고 지역과 국가를 위해 헌신하는 사람이 되겠다는 다짐을 깊이 새긴다.

　오늘의 영광은 끝이 아니라,

　앞으로 더 많은 사람들과 함께 만들어갈 변화와 성장을 향한 새로운 출발점이라는 생각에 가슴이 벅차오른다.

여의도 버스일기 16.

　오늘 국회 세미나실에서는 김두관 의원실 주관으로 열린 통일정책 방향 전환 토론회가 진행되어, 현장의 열기와 진지한 논의 속에서 우리나라 통일정책의 미래를 다시 한번 생각해보는 귀한 시간이 되었다.

　토론회가 진행되는 바로 옆 간담회장에서는 대전에서 권선필 교수님을 좌장으로 모시고 고향사랑기부제에 대한 토론회가 열리고 있어 인사를 드리며 잠시나마 눈인사를 나누는 시간을 가졌다.

　내가 속한 자치분권연구소에서도 고향사랑기부금제를 지역과 애향을 위한 새로운 대안으로 연구하며, 시민과 지자체가 함께 참여할 수 있는 다양한 방안을 고민하고 있다는 점에서 오늘의 현장과 맞닿아 있음을 느꼈다.

　또한 목원대 권선필 교수님을 뵙게 되어 오랜만에 반가운 마음을 나누고, 그동안의 활동과 경험담을 들으며 많은 공감과 자극을 받을 수 있었다.

　이렇게 서로 다른 주제의 토론회와 간담회를 연결하며 발걸음을 옮기는 동안, 정책과 연구, 시민참여가 서로 맞물려 우리 사회와 지역 발전에 작지만 단단한 힘이 되고 있다는 사실을 새삼 느끼며, 오늘 하루를 의미 있게 마무리할 수 있었다.

여의도 버스일기 17.

미루어두었던 김장을 드디어 했다.

한 해 동안 내 손으로 정성껏 키운 배추와 무를 뽑아 들며, 농사의 끝자락에서 묵직한 보람을 느꼈다 했다.

집사람과 동생 내외가 함께 모여 도란도란 이야기꽃을 피우며 김장 준비를 하니, 그 자체로도 한 해의 수고를 어루만져주는 따뜻한 시간이었다.

중간중간 삶은 수육을 썰어 갓 찐 굴을 올려 한입 베어 물고, 막걸리 한 잔을 천천히 기울이니

추운 바람 속에서도 뱃속까지 따뜻해지는 행복이 스며들었다.

자연이 우리에게 허락한 이 넉넉함과 풍요로움이 참 고맙다는 생각을 다시금 하게 만들었다.

이제 농한기를 맞아 내년 봄 새 밭을 갈기 전까지는 잠시 숨을 고르기로 했다.

비닐하우스 안에는 겨울을 날 마늘과 양파가 푸르게 자라고 있지만, 그 또한 자연의 순환 속에 묵묵히 맡긴 채 잠시 쉬어가는 시간을 갖기로 했다.

건강하게 농사를 지을 수 있고, 땅에서 난 것을 우리가 직접 먹을 수 있다는 사실만으로도 감사함이 크다.

정성스레 담근 김치는 김치냉장고를 꽉 채우고도 남아 흐뭇

한 미소를 짓게 했다.

　아마 2년은 너끈히 먹고도 남을 분량이니, 올해는 욕심이 조금 과했던 것 같다는 생각도 들었다.

　그럼에도 자연이 허락한 풍요를 마음껏 누릴 수 있었다는 사실이 한 해 농사의 참된 의미를 되새기게 했다.

　이렇게 또 한 해 농사를 정성껏 마무리하며, 자연과 함께한 시간의 깊이를 새삼 크게 느낀 하루였다.

여의도 버스일기 18.

　(사)자치분권연구소가 올해부터 공익법인으로 지정되어, 사회 환원을 위한 기부금 사업의 일환으로 마련된 뜻깊은 행사가 당진 소들섬에서 열렸다.

　이번 철새 모이 주기 행사는 마을 주민들과 고대중학교 학생들, 그리고 당진시청의 세심한 협조 속에서 진행되었으며, 현장에는 대전MBC에서도 취재를 나와 그 의미와 감동을 함께 나누었다.

　이른 아침, AI(조류인플루엔자) 예방을 위해 방역복으로 몸을 단단히 감싸고 넓게 펼쳐진 당진평야 한가운데로 들어서자, 수많은 철새들이 모여드는 모습이 눈앞에 펼쳐졌다.

　작지만 정성껏 준비한 모이를 하나씩 뿌리며, 자연 속 생명들과 마주하는 순간, 사람과 자연이 서로에게 얼마나 큰 힘이 되는지를 새삼 느끼게 되었다.

　학생들의 호기심 어린 눈빛과 주민들의 따뜻한 손길 속에서, 철새 보호와 환경을 위한 작은 실천이 얼마나 소중한지 마음 깊이 새길 수 있었다.

　이번 행사는 단순히 철새에게 먹이를 주는 것 이상의 의미를 지녔다. 지역 공동체가 함께 모여 자연을 지키고, 미래 세대에게 환경의 중요성을 알리는 소중한 계기가 되었으며, 참여한 모든 분들의 헌신과 정성 덕분에 더욱 빛나는 시간이 될 수 있었다.

함께해 주신 모든 분들께 깊은 감사의 마음을 전하며, 앞으로도 자연과 사람, 그리고 지역 사회가 조화롭게 살아갈 수 있는 작은 노력들을 이어가야겠다는 다짐을 다시 한번 하게 되었다.

여의도 버스일기 19.

경기도의회에서 발주한 '경기도 주민참여제도 활성화방안' 연구용역을 (사)자치분권연구소에서 수주하여, 오늘 착수보고회를 무사히 마치고 돌아왔다는 사실에 큰 책임감과 다짐이 마음 깊이 밀려온다.

이번 연구용역은 단순한 보고서 작성에 그치는 것이 아니라, 경기도 각 지역의 다양한 주민참여 사례를 면밀히 조사하고 분석하여, 내년 2월 말까지 주민자치의 모범사례를 구체적으로 정리하는 것을 목표로 하고 있다.

연구 과정에서 얻은 결과들을 바탕으로, 주민들이 직접 참여하고 의견을 반영할 수 있는 경기도형 주민참여제도를 선도적으로 설계하고 실현함으로써, 지역사회의 자치 역량을 한층 강화하고 민주적 참여 문화를 확산하는 데 실질적인 기여를 할 수 있도록 최선을 다할 예정이다.

이번 연구가 끝난 후에는 주민과 지자체가 서로 신뢰하며 협력할 수 있는 토대를 마련하고, 보다 투명하고 실효성 있는 주민참여제도의 모델을 만들어 내겠다는 의지를 다시 한번 굳게 다진다.

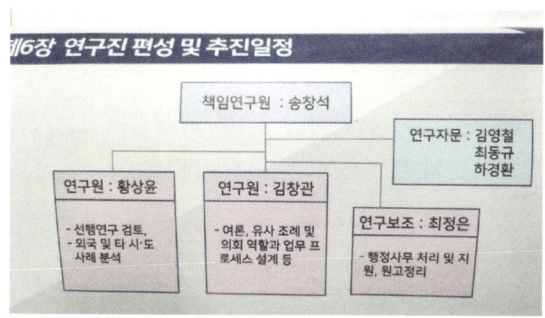

여의도 버스일기 20.

 광명시 의회의 의정 활동비 결정을 위한 의견 수렴 시민공청회를 (사)자치분권연구소 주관으로 광명시청 대회의실에서 진행하고 있다는 소식을 전하며, 이번 공청회에서는 찬반 패널 간 상호토론과 방청객들의 질의응답이 활발하게 이루어지고 있어, 지방의원을 직접 경험해 본 나로서는 이러한 투명하고 시민과 소통하는 공청회 과정을 갖는 것이 매우 새롭게 느껴진다.

 이번 공청회를 통해 시민들의 목소리가 의정 활동비 결정 과정에 실질적으로 반영되고, 다양한 의견이 공개적으로 논의되는 모습을 보면서, 주민과 지방의회가 함께 만들어가는 민주적 참여의 중요성을 다시 한번 깨닫게 되며, 이러한 선진적이고 모범적인 지방자치 실현이 가능한 것은 지방자치분권의 모범 선도도시로 앞서가는 광명시와 박승원 시장님의 열정과 노력이 있었기에 가능하다는 생각을 하게 된다.

 앞으로도 광명시가 주민과 함께하는 투명하고 책임 있는 의정 활동을 지속적으로 실현하며, 다른 지자체에도 본보기가 되는 모범적인 사례로 자리 잡기를 기대한다.

여의도 버스일기 21.

 지방자치법 개정으로 인해 안양시 의회 의원 의정활동비 결정을 위한 주민공청회를 동안구청 대회의실에서 (사)자치분권연구소 주관으로 진행하였으며, 각계 전문가와 안양시민 여러분이 방청객으로 참여한 가운데 패널들의 열띤 토론 속에서 무사히 마쳤다는 사실에 큰 보람을 느낀다.

 이번 공청회에서는 의정비 결정 과정이 보다 투명하고 합리적으로 이루어질 수 있도록 다양한 의견이 개진되었으며, 주민들의 관심과 참여가 직접적으로 정책 결정에 반영되는 과정을 확인할 수 있었다는 점에서 의미가 깊다.

 이번 의정비 인상이 단순한 숫자의 변화가 아니라, 지방의회 의원들이 더욱 주민과 가까이 소통하고, 지역 주민들의 삶과 복지 향상에 실질적으로 기여하는 의정 활동을 펼치는 계기가 되기를 기대하며, 이러한 과정들이 지방자치와 주민 참여 문화를 한층 성숙시키는 밑거름이 되기를 바라는 마음이다.

 앞으로도 안양시 의회 의원들이 주민과 함께 고민하고 실천하며, 신뢰받는 지방의회로 거듭나는 모습을 지속적으로 보여주기를 바라며, 오늘의 공청회가 그 출발점이 되었다는 점에서 큰 의미를 갖는다.

여의도 버스일기 22.

 오늘 도봉산을 찾았다.

 결기 있는 마음으로 오랫동안 염원했던 소원이 드디어 이루어졌다는 감격과 함께, 잠시 여의도에서의 바쁜 일상을 내려놓고 대전으로 향하기로 결심했다.

 이번에는 대전 서구갑 더불어민주당 장종태 후보님의 당선을 돕기 위해 현장으로 내려가며, 후보님과 나는 과거 서구청장과 서구의장으로 함께 재직하며 환상의 콤비로 대전 서구를 모범적으로 이끌었던 소중한 경험이 있기에, 그때의 신뢰와 호흡을 바탕으로 다시 한 번 힘을 합쳐 도전하려 한다.

 오늘의 발걸음은 단순한 이동이 아니라, 책임과 사명이 뒤따르는 길이며, 주민과 지역을 위해 쌓아온 경험과 역량을 모두 쏟아 부어 반드시 승리하겠다는 결심으로 가득하다.

 이번 선거에서 장종태 후보님을 꼭 당선시키고 나서, 다시 여의도로 돌아와 맡은 바 소임을 충실히 이어가는 것이 나의 다짐이자 사명이라 믿으며, 이 길 위에서 한 치의 흔들림 없이 최선을 다하겠다는 마음을 굳게 다진다.

 #권토중래

여의도 버스일기 23.

한강 라면을 아는지?

뜨거운 국물이 느릿하게 김을 올릴 때,

차가운 강바람 속에서도 사람들끼리 작은 온기를 나누게 만드는 묘한 힘이 있는 그 한 그릇의 라면 말이다.

나는 가끔 그 소박한 온도로 젊은이들과 마음을 맞추곤 한다.

현란한 말이나 거창한 설명보다, 한강 변에 앉아 바람 소리를 들으며 따끈한 라면을 후루룩 나누는 그 순간이 오히려 서로를 가장 편안하게 연결해 주기도 한다.

대전에 가기 전 짬깐 여의도 한강변을 들렀다.

붐볐던 어제밤의 사람들은 사라지고,

곳곳에 산책을 하는사람, 그 사이를 흐르는 한강은

늘 그렇듯 묵묵하게 제 길을 건너가고 있다.

신선한 공기가 상쾌 하게 한다.

또 어딘가 기대를 품게 만드는 이 공기.

기척 없이 다가오는 공기와 햇살

나는 다시 한 번 새로운 내일을 준비한다.

어쩌면 특별한 사건도, 화려한 계획도 없지만

그런 평범한 순간들이

가장 깊게 마음을 움직일 때가 있다.
한강의 바람처럼,라면 한 그릇의 온기처럼,
아주 사소한 무언가에 기댄 채 또 한 걸음 내일로 나아간다.
그 작은 온기가 누군가에게도 전해지길 바라며,
조용히, 그러나 단단히 마음을 다져본다.

여의도 버스일기 24.

오늘 국회에서는 (사)자치분권연구소가 주관한 작은학교 살리기 토론회와 세월호 10주기를 기념하는 다큐멘터리 상영회 "남쪽 항구는 여전히 기다리는 이들이 있다."가 함께 열려 뜻 깊은 시간을 보냈다.

작은학교의 소중함과 지역 공동체 안에서 아이들이 건강하게 자랄 수 있는 교육 환경을 지키기 위한 논의가 이어지는 동안, 한 사람 한 사람의 목소리가 모여 변화의 가능성을 만들어가는 과정을 느낄 수 있었다.

이어진 다큐멘터리 상영회에서는 지난 10년간 세월호 사건을 기억하며 아직도 기다림 속에 남겨진 이들의 마음을 함께 느낄 수 있었고, 묵묵히 진실을 기억하고자 하는 이들의 간절함과 아픔이 고스란히 전해졌다.

우원식 의장 후보자님을 비롯해 많은 의원님들이 함께 자리해 주셔서 토론회와 상영회의 의미가 더욱 깊어졌고, 국회라는 공간 안에서 시민과 정치인이 함께 사회적 가치와 기억을 나누는 장이 만들어졌다는 점에서 큰 감동을 받았다.

오늘 하루, 교육과 기억, 그리고 사회적 책임을 다시 한번 마음에 새기며, 앞으로도 이러한 소중한 논의와 기억이 지속될 수 있도록 노력해야겠다는 다짐을 하게 되었다.

여의도 버스일기 25.

오늘 국회에서는 요즘 우리 사회에서 가장 중요하게 다뤄지고 있는 기후환경 문제와 무한 자연 자원인 태양광을 활용한 위기 대응, 그리고 저출산 문제를 주제로 한 토론회에 참석하는 뜻깊은 시간을 가졌다.

토론회장에서 장종태 의원님과 박정현 의원님을 직접 뵐 수 있었으며, 정책과 현실을 연결하는 진지한 논의 속에서 각계 전문가와 정치인들이 머리를 맞대고 우리 사회가 직면한 문제들에 대한 해법을 모색하는 모습을 지켜보았다.

토론을 들으며, 중앙정부뿐 아니라 지방정부 차원에서도 기후변화 대응과 지속 가능한 에너지 정책, 그리고 저출산 문제 해결을 위한 실질적인 관심과 보다 적극적인 정책 마련이 필요하다는 사실을 절실히 느꼈다.

오늘의 논의가 단순히 토론회에 머물지 않고, 우리 사회와 지역 주민들의 삶에 실질적인 변화를 가져올 수 있는 정책으로 이어지기를 바라며, 앞으로도 이러한 중요한 의제에 지속적으로 관심을 가지고 참여해야겠다는 다짐을 하게 되었다.

여의도 버스일기 26.

2024 지역혁신 분권자치 거버넌스 대회가 경남 창원컨벤션 센터에서 열려, 전국 각지에서 온 분권 관련 단체들이 참석한 가운데 금요일과 토요일 양일간 세션별로 다양한 주제와 논의가 이어지고 있다.

우리 (사)자치분권연구소도 공동주관 단체로 참여하여, 준비한 발제를 맡아 발표하며 지방자치와 분권의 중요성을 현장의 참석자들과 공유하는 뜻깊은 시간을 가졌다.

토론과 발표를 통해 다시 한번 느낀 것은, 중앙에만 의존하는 대한민국 구조 속에서 지방이 살아야 나라 전체가 건강하게 발전할 수 있다는 점이다.

지역 주민과 지자체가 주체가 되어 스스로 문제를 해결하고, 균형 있는 발전을 이루는 것이야말로 진정한 자치와 분권의 실현이라는 사실을 마음 깊이 새기게 되었다.

금세 바쁜 일상이 기다리고 있는 서울로 다시 발걸음을 옮기며, 오늘의 경험과 다짐을 바탕으로 앞으로의 활동에 더욱 힘을 쏟아야겠다는 결심을 다진다.

여의도 버스일기 27.

박정현 의원실과 국회 행정안전위원회(위원장 신정훈) 공동 주최로 국회도서관에서 열린 지역사랑상품권, 즉 지역화폐 관련 토론회에 참석하며, 최근 무너져 가는 자영업과 골목상권의 현실 속에서 지역화폐의 부활이 얼마나 절실한지 다시금 실감하게 되었다.

(사)자치분권연구소는 그동안 지역 활성화와 지역 공동체 강화의 일환으로 '고향사랑기부제', '작은학교 살리기' 등 관련 분야 토론회를 주관하며 주민과 지자체, 전문가들이 함께 문제를 논의하고 대안을 모색할 수 있는 장을 마련해 온 경험이 있어, 오늘 토론회의 의미가 더욱 깊게 다가왔다.

지방정부가 겪고 있는 재정적 어려움과 한계를 감안할 때, 정부 차원에서 지역화폐 활성화를 위한 전향적인 국비 지원과 정책적 배려가 반드시 필요하며, 이를 통해 지역 경제를 되살리고 자영업과 골목상권에 실질적인 힘을 불어넣는 계기가 되어야 한다는 점을 현장에서 다시 한번 느꼈다.

오늘의 토론회를 통해 주민과 지방정부, 중앙정부가 함께 협력하고 상생하는 길을 모색하는 것이 얼마나 중요한지 마음 깊이 새기며, 앞으로도 지역화폐와 지역 활성화를 위한 연구와 실천에 최선을 다해야겠다는 다짐을 하게 되었다.

여의도 버스일기 28.

2026년 지방선거를 준비하는 과정으로 마련된 김대중지방 자치학교(교장 김두관) 제1기 개강식이 국회에서 열려, 전국 각지에서 모인 지방자치단체장과 지방의회 의원을 도전하는 예비 후보자들이 한자리에 모였다.

이번 개강식은 단순한 교육의 시작을 넘어, 앞으로 펼쳐질 지방자치와 주민참여, 지역 발전을 책임질 미래 지도자들을 준비시키는 중요한 출발점으로, 참가자 모두에게 큰 의미를 주었다.

앞으로 8월까지 매주 이어질 실전과 이론을 겸한 유익한 강 의를 통해 각 지역의 특성과 주민 요구를 깊이 이해하고, 정책 역량과 리더십을 강화함으로써 보다 준비된 지방 정치인으로 거듭나게 될 것이며, 이를 통해 지역 주민과 함께 성장하고 신 뢰받는 지방자치를 실현하는 길을 함께 모색할 수 있을 것이 다.

이번 지방자치학교에서 쌓게 될 경험과 지식이 앞으로의 선 거와 지역 발전, 그리고 주민과 함께하는 책임 있는 정치 활동 으로 이어질 수 있도록 최선을 다할 각오를 다진다.

여의도 버스일기 29.

오늘, 아들이 당당한 대한민국 육군으로 다시 태어난 날이다.

이등병 계급장을 직접 달아주는 순간, 아버지로서 느껴지는 뿌듯함과 감회는 이루 말할 수 없을 정도로 깊다.

짧지 않은 신병 교육을 건강하게 마치고, 이제 자대인 백마부대로 향하게 될 아들이 조상님들이 대대로 지켜 온 아름다운 대한민국을 수호하는 국방의 의무를 성실히 수행하며, 몸과 마음 모두 건강하게 임무를 마치고 돌아오길 간절히 바란다.

오늘 이 순간을 떠올리며, 나라를 지키기 위해 묵묵히 맡은 바 임무를 수행하는 모든 국군 장병들에게 깊은 감사와 존경의 마음을 전하며, 그들의 헌신이 있기에 우리가 안전하고 평화로운 일상을 누릴 수 있음을 다시 한번 되새긴다.

여의도 버스일기 30.

 둔산3동 주민자치회가 주관한 추석맞이 바자회에 참석한 후, 노무현재단 회원분들과 함께 봉하버스를 타고 봉하음악회에 다녀왔다.

 오는 9월 1일은 고(故) 노무현 대통령님의 생신을 앞둔 시점이었기에, 전국 각지에서 모인 많은 회원분들과 함께 봉하의 밤을 함께하며 고인을 기리는 마음이 더욱 깊게 다가왔다.

 음악과 이야기 속에서 노무현 대통령님이 남긴 뜻과 정신을 되새기고, 그의 삶과 철학이 오늘날 우리 사회와 지역 공동체에 어떤 울림을 주고 있는지 다시금 느낄 수 있었으며, 함께한 분들의 진심 어린 마음과 따뜻한 온기가 그 밤을 더욱 의미 있게 만들어 주었다.

 이날의 경험을 통해, 고인의 가치와 이상을 기억하고 실천하는 일이 얼마나 소중한지 새삼 깨닫게 되었으며, 앞으로도 그 뜻을 이어가며 지역과 사회를 위해 작은 힘이라도 보태는 삶을 살아야겠다는 다짐을 하게 되었다.

여의도 버스일기 31.

지방자치 시행 30년을 앞두고 국회에서 열린 지방의회법 제정 토론회에 함께하며, 전국 각지에서 모인 지방의원들과 함께 지방자치의 미래와 역할에 대해 깊이 있는 논의를 나누는 뜻깊은 시간을 보냈다.

멀리 제주에서 오신 송창권 의원님과 동료 의원님들께서 신정훈 행정안전위원장님과의 면담에도 함께 참여하시며, 지방의 목소리가 중앙에 직접 전달될 수 있는 소중한 기회를 만들어 주셨다.

이번 토론회를 통해 다시 한번 느낀 것은, 서울과 지방이 함께 성장하고 상생하는 대한민국의 미래를 위해 지방의회의 역할과 책임이 그 어느 때보다 중요하다는 점이다.

오늘의 논의와 만남이 단순한 형식적 토론에 머물지 않고, 지방과 중앙이 함께 협력하며 지역 주민들의 삶을 풍요롭게 하고, 균형 있는 국가 발전을 이루는 밑거름이 되기를 바라며, 이러한 목표를 마음에 새기고 앞으로도 꾸준히 실천해 나가야 겠다는 다짐을 하게 되었다.

여의도 버스일기 32.

더불어민주당 혁신회의 강선우·이광희 의원실 주관으로 열린 국회 긴급토론회에 참석한 후, 여의도에 있는 연구소 사무실로 돌아와 지방자치법 전면 개정 방향에 대한 기본안을 하나하나 정리하고 있다.

오늘 토론회에서는 지방자치의 현황과 문제점, 그리고 앞으로 나아가야 할 방향에 대해 다양한 의견과 깊이 있는 논의가 오갔으며, 이를 바탕으로 연구소에서도 더 체계적이고 실현 가능한 개정안을 마련하기 위해 최선을 다하고 있다.

지방과 중앙이 상생하며 주민의 삶과 지역 발전을 실질적으로 향상시킬 수 있는 법적 기반을 만드는 일이 얼마나 중요한지 다시 한번 느끼며, 오늘 정리한 기본안을 잘 다듬어 의원실과 관련 기관에 보고드릴 수 있도록 성심껏 준비할 계획이다.

이번 작업이 단순한 보고서 작성에 그치지 않고, 우리 사회의 지방자치 발전과 주민참여 확대에 기여하는 의미 있는 과정이 될 수 있도록 마음을 다하고 있다.

여의도 버스일기 33.

  대전 서구을 박범계 의원님께서 서울 프레스센터에서 오피니언 강의를 진행하시는 모습을 지켜보았다.

  당시 강의에서는 AI 인공지능과 로봇 기술의 발전, 선진국의 사례, 그리고 이를 기반으로 한 미래 예측에 대한 내용이 다뤄졌는데, 지금 돌아보면 의원님이 말씀하신 방향이 점점 현실로 나타나고 있음을 실감하게 된다.

  이 경험을 통해 정치인은 단순히 현재의 문제를 해결하는 역할을 넘어, 미래를 내다보고 혜안을 제시하며 사회와 지역을 올바른 길로 이끌어야 하는 사람임을 다시 한번 깨닫게 된다.

  나 역시 대전 서구의 미래를 면밀히 살피고, 주민과 함께 더 나은 방향을 모색하며, 변화와 도전을 기회로 삼아 서구의 발전과 행복한 삶을 위한 길을 만들어 가는 데 힘쓰는 사람이 되겠다는 다짐을 마음 깊이 새긴다.

여의도 버스일기 34.

영광군수 보궐선거에서 장세일 후보를 응원하기 위해 새벽부터 달려가 아침 유세에서 인사를 드리고, 이재명 대표님과 함께 거리유세와 합동유세에 참여하며 현장의 열기를 몸소 느꼈다.

서영교 의원님과 강위원 혁신회의 상임대표님을 뵐 수 있었고, 서울의 조리버 유튜버님과도 인사를 나누어 반가운 마음이 들었다.

판세가 녹록치 않은 상황임을 현장에서 직접 체감하며, 더욱 절실한 마음으로 식당과 커피숍, 시장, 주유소 등 지역 곳곳을 찾아 다니며 주민들에게 지지를 호소했다.

지역 주민 한 분 한 분과 만나 소통하며, 후보가 지역 발전과 주민을 위해 최선을 다할 수 있도록 마음을 모으는 과정이 얼마나 중요한지 다시금 느꼈다.

오늘의 발걸음과 응원이 결실을 맺어 영광군수 선거에서 장세일 후보가 반드시 승리하길 간절히 기원하며, 그 기대와 바람을 마음 깊이 새기며 돌아온다.

여의도 버스일기 35.

 오늘 하루는 기본사회 실현을 위한 지방정부 정책발표회, 자전거법 활성화를 주제로 한 토론회, 그리고 대통령 파면 국민투표 개헌연대가 주관한 국회 토론회까지 연이어 참석하며, 다양한 사회 현안과 정책 방향을 깊이 고민하고 논의하는 뜻깊은 시간을 보냈다.

 각 자리에서 논의된 내용은 단순한 정책 발표나 제안에 머무르지 않고, 우리 사회가 나아가야 할 방향과 국민 한 사람 한 사람의 삶의 질을 향상시키기 위한 구체적인 실천 과제로 연결된다는 점에서 큰 의미가 있었다.

 오늘의 경험을 통해, 더불어민주당이 지향하는 바가 단지 정치적 구호에 머무는 것이 아니라, 온 국민이 행복하게 살 수 있는 기본사회를 실현하기 위해 최선을 다해야 함을 다시 한 번 느끼게 되었으며, 앞으로도 사회적 약자와 지역, 국민 모두를 포용하는 정책과 제도를 마련하는 일에 끊임없이 힘쓰고 헌신해야겠다는 다짐을 하게 되었다.

여의도 버스일기 36.

 오늘 더불어민주당 대전시당 대변인단 주간 회의에 시당 홍보소통위원장 자격으로 참석하여, 현안과 대응책에 대한 논평 작성과 시민과의 소통, 홍보방안에 대해 예제문을 만들어 서로 토론하며 다양한 대안을 모색하는 뜻깊은 시간을 보냈다.

 회의 내내 열정적으로 의견을 나누고 토론에 참여하는 대전시당 대변인단의 모습에서, 지역정치와 시민 소통에 대한 책임감과 진지함을 깊이 느낄 수 있었으며, 함께 고민하고 머리를 맞대는 과정이 얼마나 큰 힘이 되는지도 새삼 깨달았다.

 늦은 시간까지 이어진 회의를 마치고 서울로 돌아오는 발걸음이 다소 무거웠지만, 오늘 논의한 내용과 아이디어들이 앞으로 시민과 시당을 연결하는 소중한 밑거름이 될 것이라는 믿음과 다짐으로 마음이 든든하다.

 열심히 공부하고 토론하며 성장하는 대전시당 대변인단 모두에게 응원의 마음을 보내며, 앞으로도 시민과 함께 호흡하며 소통하는 정치와 홍보 활동을 이어가야겠다는 뜻을 새긴다.

여의도 버스일기 37.

오늘 (사)기본사회 김세준 부위원장님의 '기본사회로 가는 길'이라는 주제의 대전 특강에 뜻깊게 함께하게 되었다.

김 부위원장님께서 대전 출신이시고, 한밭중학교 동문이라는 공통점 덕분에 강의가 더욱 친근하게 다가왔으며, 고향과 학창 시절의 추억 속에서 들려오는 말씀 하나하나가 마음 깊이 와 닿았다.

특강을 통해 이 시대의 핵심 아젠다가 무엇인지, 그리고 우리 사회가 나아가야 할 방향이 무엇인지 다시 한번 성찰할 수 있었으며, 이재명 대표님이 꿈꾸는 기본사회가 결코 먼 미래의 이야기가 아니라, 머지않아 우리 앞에 현실로 다가올 것이라는 기대와 희망을 느낄 수 있었다.

오늘의 강연과 만남은 단순한 지식 전달을 넘어, 지역과 사회, 그리고 시민의 삶을 더 나은 방향으로 이끌어가야 한다는 책임감과 다짐을 새기는 소중한 시간이 되었으며, 앞으로도 기본사회 실현을 위해 꾸준히 노력하고 참여해야겠다는 마음을 굳게 다진다.

여의도 버스일기 38.

오늘 정성호 의원님 주관으로 열린 국회 토론회에 참석해, 현 시국에 대한 진단과 앞으로 우리가 나아가야 할 과제에 대해 깊이 있는 논의를 나누는 뜻깊은 시간을 보냈다.

#유재일 대전대 교수님께서 사회를 맡아 진행하신 이번 토론회에서는 여러 학자들과 많은 국회의원님들이 한자리에 모여 열띤 토론을 벌이며, 다양한 관점과 현실적인 대안을 제시해 주셔서 대한민국의 미래를 다시금 고민하게 되었다.

탄핵 이후의 변화와 혼란 속에서 우리의 민주주의와 사회 구조를 보다 단단히 준비하고, 국민 모두가 신뢰할 수 있는 제도와 정책을 만들어 가야 한다는 책임감이 마음 깊이 새겨졌다.

오늘의 토론회는 단순한 의견 교환을 넘어, 앞으로 대한민국이 나아갈 길과 국민의 삶을 지켜 나가기 위한 소중한 밑거름이 되었다는 다짐을 하게 되며, 앞으로도 이러한 논의와 성찰을 바탕으로 우리 사회가 한층 성숙한 방향으로 나아가도록 노력해야겠다는 마음을 다진다.

여의도 버스일기 39.

온 국민이 기본적으로 인간다운 삶을 누릴 수 있는 사회를 만들자는 취지로 마련된 사단법인 기본사회 대전본부 출범식이 유성문화원에서 300여 명이 참석한 가운데 성황리에 열렸다.

뜻깊은 자리에서 과분하게 공동대표라는 직함을 맡게 되어 큰 책임감과 함께 무거운 다짐을 느끼며, 앞으로 대전 지역을 시작으로 기본사회가 우리 사회 곳곳에 뿌리내리고 실질적인 변화를 만들어 갈 수 있도록 최선을 다할 것이다.

오늘 출범식에서 나눈 이야기와 참가자들의 열정, 그리고 기본사회가 지향하는 가치들이 마음 깊이 새겨졌으며, 앞으로 지역 주민과 함께 협력하고 소통하며 모두가 인간다운 삶을 누릴 수 있는 사회를 만드는 데 꾸준히 헌신해야겠다는 결심을 다진다.

대전에서부터 시작되는 작은 변화와 실천이 결국 우리 사회 전체에 울림을 주어, 국민 모두가 존엄과 행복을 누리는 사회로 이어질 수 있도록 끝까지 노력할 것이다.

여의도 버스일기 40.

당원 여러분과 국민소통단의 든든한 힘 덕분에 어제 더불어민주당 대전시당 홍보소통위원회 발대식과 자발적으로 참여해 주신 국민소통단 교육을 성황리에 마칠 수 있었다.

찾아와 주시고 함께해 주신 모든 분들께 진심 어린 감사의 인사를 드리며, 이번 발대식과 교육이 단순한 행사에 그치지 않고, 앞으로 실무 중심의 지속적인 교육과 훈련을 통해 대선 승리를 견인할 SNS 전사단으로 거듭나는 밑거름이 되기를 기대한다.

대전시당 홍보소통위원장으로서 맡은 소임을 다하며, 당원과 국민의 목소리를 세심히 살피고, 효과적인 소통과 홍보를 통해 지역과 당을 연결하는 가교 역할을 충실히 수행하겠다는 다짐을 마음 깊이 새긴다.

앞으로도 책임과 열정을 다해, 당과 시민 모두가 신뢰할 수 있는 소통과 협력의 장을 만들어 나가며, 대전시당이 지역과 국민을 잇는 소통의 중심으로 자리매김할 수 있도록 최선을 다할 것이다.

여의도 버스일기 41.

더불어민주당 참좋은지방정부위원회 발대식에서 실무지원단으로 함께하며, 지방정부의 지속가능한 육성정책을 실현하기 위한 첫걸음을 내디뎠다.

이번 발대식을 계기로 중앙과 지방이 함께 잘사는 대한민국을 만드는 기반을 다지고, 지역 주민의 삶과 자치 역량을 강화하는 정책을 꾸준히 실천해 나가야 한다는 책임감을 다시금 느꼈다.

더불어 (사)자치분권연구소의 2025년 정기총회가 전국 각지에서 활동하는 자치분권 실현의 열정을 가진 활동가분들이 국회에 모여 결의를 다지는 뜻깊은 자리로 마련되어, 우리 사회가 보다 균형 있고 민주적인 지방자치를 실현할 수 있도록 힘을 모으는 계기가 되었다.

오늘의 발걸음과 다짐이 단순한 행사가 아니라, 중앙과 지방, 시민이 함께 참여하고 협력하는 자치분권의 미래를 만들어가는 중요한 밑거름이 되기를 바라며, 앞으로도 끊임없이 노력하고 실천하는 길을 걸어야겠다는 다짐을 마음 깊이 새긴다.

여의도 버스일기 42.

　여의도 윤중로의 벚꽃이 활짝 피어 국회 주변을 온통 아름답게 수놓고 있어, 잠시나마 마음이 평온해지는 풍경을 만끽할 수 있었다.

　오랜만에 조용하고 차분한 분위기를 되찾은 국회에서, 분주함 속에서도 봄의 향기와 자연의 생동감을 느끼며 잠시 숨을 고를 수 있는 시간이 되었다.

　화사하게 피어난 벚꽃과 따스한 햇살 아래, 국회의 회의와 논의로 바쁘게 돌아가는 일상 속에서도 잠시 마음을 비우고 자연과 함께 호흡하며, 새로운 결심과 다짐을 마음속에 새길 수 있는 소중한 순간이었다.

　벚꽃 아래에서 뛰노는 어린아이들의 천진함과 순수한 웃음, 그리고 만개한 봄꽃이 어우러진 국회 내 사랑채의 햇살이 더욱 따스하게 느껴지는 이 순간, 바쁘게 흘러가는 일상 속에서도 마음속 깊이 봄의 온기와 희망을 담을 수 있는 시간이었다.

여의도 버스일기 43.

　다가올 대선 승리를 위해 마련된 대전시당 온라인 SNS300 전사단 5강의 마지막 강의를 마치고, 각 지역위원회 국민소통 단장 임명과 모범상 시상 등 박정현 시당위원장님과 국민소통 단이 함께하는 뜻깊은 수료식을 진행하였다.

　이번 수료식을 통해 참여자 모두가 지난 강의와 실습에서 쌓은 역량을 되새기고, 앞으로 대선 승리를 위해 SNS와 온라인 소통의 최전선에서 역할을 다하겠다는 결의를 다시 한번 굳게 다지는 시간을 가졌다.

　열정과 헌신으로 함께해 준 국민소통단원들의 노력과 참여가 있었기에, 대전시당이 지역과 시민을 연결하는 강력한 소통의 중심으로 자리매김할 수 있음을 느낄 수 있었으며, 이러한 결집된 힘이 결국 국민과 함께하는 신뢰받는 정치와 승리로 이어질 것이라는 믿음을 새기게 되었다.

　오늘의 수료식과 다짐이 단순한 마무리가 아니라, 다가올 대선에서 대전과 전국의 당원, 시민과 함께 최선을 다해 승리로 나아가는 밑거름이 될 것이라는 다짐을 마음 깊이 새긴다.

여의도 버스일기 44.

대선 때 내일처럼 함께 뛰어준 대전시당 당원참여본부 단원 여러분과 함께, 곧 이재명 대통령께서 오시게 될 청와대를 찾았다. 박정현 시당위원장님께서 청와대까지 마중을 나오셔서 함께해 주신 덕분에 더욱 뜻깊고 영광스러운 시간이 되었다.

청와대 개방이 얼마 남지 않은 시점이라 그런지, 궂은 날씨에서도 현장의 분위기는 밝고 활기찼으며, 함께한 모든 분들과 소중하고 즐거운 하루를 보내며 정치적 열정과 시민과의 연결을 다시금 느낄 수 있었다.

오늘의 경험을 통해, 대전시당 당원들의 헌신과 참여가 얼마나 큰 힘이 되는지 새삼 깨닫고, 앞으로도 국민과 함께 호흡하며 신뢰받는 정치와 소통을 이어가는 길에 최선을 다해야겠다는 다짐을 마음 깊이 새기며 돌아온다.

〈여의도 버스일기를 마치며〉

지난 지방선거의 아쉬움은 나에게 깊은 성찰과 배움의 시간을 안겨주었다. 그 후 3년여를 여의도에서 보내며, 나는 단순히 도시의 빌딩 숲 속에서 시간을 흘려보낸 것이 아니라, 새로운 시작을 위한 물꼬를 틀 수 있는 기회를 얻었다.

정치와 정책의 현장을 직접 보고, 배우고, 토론하며, 나는 사람과 제도가 맞닿는 지점에서 진정한 변화를 만드는 길을 조금씩 이해하게 되었다.

서울과 경기, 그리고 전국 각지 지방정부가 펼치는 다양한 선진시책을 살펴보며, 나는 단순한 모방이 아닌 우리 고향 대전서구에 맞는, 맞춤형 정책의 밑그림을 그렸다.

사람들의 삶을 조금 더 나은 방향으로 바꿀 수 있는 작은 아이디어 하나, 생활 속 불편을 해소할 현실적인 대안 하나까지, 구체적인 설계가 머릿속에서 차곡차곡 쌓여갔다.

이제 그 모든 경험과 배움, 그리고 고민의 결실을 가지고 나는 고향 대전서구로 돌아간다. 서구 구민 한 분 한 분의 삶이 조금 더 따뜻하고 풍요로워질 수 있도록, 희망을 심고 변화를 만들어 내는 일에 온 마음을 쏟을 것이다. 지난 시간의 아쉬움은 단지 내일을 위한 디딤돌이었음을 나는 안다.

이제 나는 구민과 함께, 더 밝은 내일을 그려 나가겠다.

Chapter *2*

촛불 행동

시민혁명의 문턱에서

숭례문 앞에 도착하던 순간, 차가운 공기는 금세 사라지고 거대한 시민의 온기가 나를 감쌌다. 수천 개의 촛불이 흔들리며 만든 따뜻한 빛줄기는 단순한 집회의 분위기를 넘어, 시대의 전환을 예고하는 하나의 장면처럼 보였다. 전국 곳곳에서 모여든 시민들은 말보다 행동으로 결심을 드러냈다. '이대로는 안 된다'라는 마음을 촛불 하나에 담아 서울로 모여든 것이었다.

정부는 1만 6천 명이라고 발표했지만, 내가 마주한 현장은 분명 그 몇 배였다. 숭례문에서 시청을 지나 서울역까지 이어지는 인파는 끝이 보이지 않았다. 촛불의 흐름은 골목과 도로, 광장을 넘어 계속 쏟아져 들어왔고, 그 장관은 민심의 무게가 어떤 통계보다 강력하다는 사실을 보여주고 있었다.

행진이 시작되자 시민들은 일정한 호흡으로 도시를 울렸다. 숙대 입구, 삼각지, 그리고 용산 집무실을 향해 이어진 발걸음 하나하나에는 두려움 대신 묵직한 결의가 담겨 있었다. 행렬의 선두는 이미 목적지에 도착했지만, 뒤편 시민들은 여전히 시청 근처에서 멈춰 선 채 촛불을 들어야 했다. 그조차 불만이 아니었다. 그만큼 많은 국민이 같은 문제의식을 품고 모였다는 증명이었기 때문이다.

그날의 촛불은 단순한 분노가 아니라 선언이었다. 민생을 외면하고 정치 보복에 몰두하는 권력에 더 이상 침묵하지 않겠다는 국민적 경고였다. 각기 다른 이유로 모였지만 시민들의 목소리는 하나의 흐름이 되어 도심을 가득 채웠다. 촛불이 흔들릴 때마다 그 불빛은 마치 민주주의 회복을 향한 집단적 결의를 하늘로 올려보내는 듯했다.

그 순간 나는 확신했다.

시민의 힘은 절대 사라지지 않으며, 필요할 때 반드시 깨어나 균형을 요구한다는 것을.

그날의 도심은 이미 알고 있었다.

시민혁명의 파도가 시작되었음을.

추모와 저항이 만나는 자리에서

겨울 기운이 스며든 숭례문 앞 거리는 그 어느 때보다 무거웠다. 수많은 시민이 작은 촛불을 두 손으로 감싸 쥔 채 자리를 지키고 있었고, 바람이 스쳐 갈 때마다 불빛은 흔들렸지만 꺼지지는 않았다. 그 고요한 떨림 속에서 나는 오늘이 단순한 집회가 아니라, 추모와 저항이 하나로 이어지는 밤임을 직감했다.

안전요원 조끼를 입고 현장에 서자, 나의 역할은 단순한 안내를 넘어 시민들이 슬픔과 분노를 안전하게 표현하도록 돕는 책임처럼 느껴졌다. 주변 곳곳에선 이태원 참사 희생자를 기리는 팻말이 들려 있었고, 노란 리본을 가슴에 단 이들이 조용히 고개를 숙이고 있었다. 세월호와 이태원, 다른 시간의 비극이지만 같은 질문을 던지고 있었다. "왜 우리는 또 젊은 생명을 잃어야 했는가."

촛불이 켜지고 시민들의 외침이 이어지자, 숭례문 일대는 하나의 광장으로 변했다. "진실을 밝혀라", "다시는 반복하지 마라"는 구호는 정치적 분노를 넘어 생명을 지키라는 최소한의 요구였다. 수천 명이 도로 위에 앉아 있었지만 그곳은 혼란스럽지 않았다. 서로 부축하고, 길을 열어주고, "괜찮으세요?"라고 묻는 작은 손길들이 공간을 지탱하고 있었다. 국가가 놓친 책임을 시민이 서로에게 내어주고 있는 모습이었다.

사람들의 얼굴에는 분노보다 더 깊은 결심이 있었다. 촛불을 꼭 쥔 손, 흔들리는 눈빛 속에는 "이번에는 외면하지 않겠다"는 다짐이 깃들어 있었다.

집회가 끝날 무렵에도 도시는 여전히 노란 별빛처럼 반짝이는 촛불로 가득했다. 나는 마지막으로 뒤돌아보며 깨달았다. 이 밤의 촛불은 단순한 추모가 아니라 다시는 같은 비극을 허용하지 않겠다는 사회적 약속이었다. 흔들려도 꺼지지 않는 그 빛이 바로 시민이 스스로 세운 정의의 불빛이었다.

한겨울의 분노는 멈추지 않았다

서울 한복판에 매서운 겨울바람이 몰아친 날이었다. 숨을 내쉴 때마다 하얀 입김이 흩어졌지만, 그 차가움도 광장을 향해 모여드는 시민들의 발걸음을 멈출 수는 없었다. '무대 스텝' 명찰을 목에 건 채 현장에 도착하자, 이미 숭례문과 세종대로 일대는 촛불의 흔들림으로 뜨겁게 달아오르고 있었다.

높은 곳에서 내려다본 도로는 거대한 인간 파도처럼 보였다. 길을 가득 채운 인파와 그 위를 덮은 대형 현수막은 오늘의 외침이 얼마나 절박한지 그대로 보여주고 있었다. 바람이 불 때마다 현수막이 흔들리고, 시민들이 양옆을 붙잡아 펼치는 순간 함성이 도시 전체를 울렸다. 이어진 퍼포먼스에서 상징적 현수막을 찢어 올릴 때, 그 손끝에는 차가운 분노보다 뜨거운 결의가 더 강하게 실려 있었다.

추위 속에서도 시민들은 서로를 챙겼다. 컵라면을 건네는 손, 목도리를 벗어 덮어주는 어르신, "고생 많다"며 등을 두드려주는 말 한마디가 얼어붙은 공기 속 작은 온기가 되었다. 행진 허가가 지연되며 지방에서 올라온 시민들이 오랫동안 떨며 기다려야 했지만, 누구도 자리를 떠나지 않았다. 차가운 현실 앞에서 촛불은 오히려 더 단단해지고 있었다.

무대 뒤편에서 장비를 정리하며 바라본 풍경은 하나의 역사적 기록처럼 깊이 새겨졌다. 촛불의 바다와 흔들리는 깃발들,

그리고 스피커를 뚫고 울려 퍼지는 시민들의 외침. 그것은 정치적 요구 이전에 인간의 존엄을 지키려는 집단적 선언이었다. "우리는 잊지 않는다", "우리는 포기하지 않는다"라는 목소리는 차디찬 겨울 공기를 뜨겁게 흔들었다.

집회가 끝나고 사무실로 돌아왔을 때 손끝은 얼어 있었지만 마음은 오히려 더 뜨거웠다. 책상 위에 놓인 국회 토론회 준비물은 오늘의 촛불이 이어질 또 다른 싸움의 시작을 의미하고 있었다. 거리에서의 저항이 제도와 기록으로 연결되어야 한다는 사실을 다시 확인하는 순간이었다.

그날 나는 확신했다. 한겨울의 촛불은 단순한 불빛이 아니라, 다음 계절을 스스로 열어가는 시민의 힘이라는 것을.

추위는 강했지만, 더 강한 건 사람들이었다.

그리고 그 힘은 절대 멈추지 않을 것이다.

세종대로를 뒤흔든 10만의 외침

흐린 하늘 아래 세종대로는 집회 시작 전부터 묵직한 긴장으로 가득했다. 차가운 바람이 불었지만, 모여드는 시민들의 표정은 그보다 훨씬 뜨거웠다. 제27차 촛불행동 전국 집중 집회가 열린 날, 지원 부스에는 이미 분주한 손길이 이어지고 있었다. 서명판과 안내문을 펼쳐 들고 시민들을 맞이하는 자원봉사자들의 모습 속에는 결의가 선명하게 드러났다.

정오가 가까워지자 세종대로는 거대한 인파로 뒤덮였다. 촛불 대신 손팻말을 든 시민들이 길 양옆을 가득 메웠고, 서로 다른 문구들은 하나의 요구로 수렴되고 있었다. "정치검찰 독재를 멈춰라", "민생을 외면하는 권력은 떠나라." 구호가 차가운 공기를 가르자, 흐린 하늘도 순간 밝아지는 듯했다.

10만 명이 넘는 시민들이 세종대로 중앙차로까지 가득 채우며 하나의 파도처럼 움직였다. 서명을 하려는 줄은 끊이지 않았고, 시민들은 "변화가 필요하다", "오늘은 전환점이 될 것"이라는 말을 남기며 펜을 들었다. 무대 위 발언이 시작되자 비판의 언어는 더욱 분명해졌고, 어느 순간 시민들은 거대한 하나의 목소리가 되어 외쳤다. "퇴진은 멀지 않았다!"

집회가 끝나갈 무렵, 세종대로는 거대한 기록물처럼 느껴졌다. 그 위를 가득 메운 사람들의 외침과 작은 움직임 하나하나가 오늘의 장면을 완성했다. 겨울 공기는 차가웠지만, 시민의 의지는 그 어떤 바람에도 흔들리지 않았다. 정치는 결국 아래에서부터 움직이고, 그날 세종대로에서는 분명히 변화의 기운이 솟아오르고 있었다.

차가운 밤공기 속에 울려 퍼진 시민의 경고

남대문경찰서 앞에는 겨울 마지막 찬바람보다 더 싸늘한 긴장감이 내려앉아 있었다. 경찰서 계단에 층층이 서 있는 형광색 외투의 경찰들은 작은 미동도 없었고, 그 모습 자체가 오늘의 분위기를 상징하듯 벽처럼 자리 잡고 있었다. 잠시 후 붉은 피켓을 든 촛불시민들이 모여들기 시작했다. "민주 파괴 중단하라", "불법연행 규탄" 같은 문구가 어둠 속에서 더욱 선명하게 빛났다. 추위에 숨을 몰아쉬던 시민들은 피켓을 드는 순간만큼은 한 치도 물러서지 않는 표정을 하고 있었다.

기자회견의 핵심은 농성장 난방용품을 경찰이 강제로 압수하고, 항의하던 시민 지도부가 연행된 사건이었다. "난방기를 왜 빼앗습니까?", "누구를 위한 경찰입니까?"라는 목소리가 사람들 사이에서 흘러나왔다. 한 중년 시민의 "이게 나라입니까"라는 낮은 탄식은 주변에 있던 이들의 마음을 더욱 단단하게 만들었다.

마이크가 켜지자 분노는 명확한 외침이 되었다. 농성은 신고된 합법 집회이며 난방용품 또한 문제가 없었다는 사실이 강조되자, 시민들의 목소리는 더 높아졌다.

"국민의 이름으로 경고한다!"

"연행자 즉각 석방하라!"

그 외침은 경찰서 벽에 부딪혀 다시 울려 퍼졌다. 그러나 경찰서 계단은 꿈쩍도 하지 않는 노란 벽처럼 서 있었다. 그 앞에서 시민들은 차가운 손을 비벼가며, 떨리는 입김을 내뿜으며, 끝까지 피켓을 놓지 않았다. 이어 들려온 소식-연행된 시민들이 용산 유치장으로 이송됐다는 사실-은 현장 분위기를 더욱 날카롭게 만들었다.

그럴수록 시민들은 서로의 어깨를 두드리고 손을 맞잡으며 결의를 다졌다. 기자회견이 끝났을 때 밤공기는 더 차가워졌지만, 사람들의 의지는 더 뜨겁게 굳어져 있었다. 나는 그 자리에서 다시 확인했다.

권력은 높을 수 있어도, 시민의 감시와 연대는 그보다 더 높이 서 있다는 것을.

겨울밤을 가른 시민의 경고는 분명하고 단단했다.

"국민의 이름으로 요구한다. 연행된 시민을 즉각 석방하라."

벗꽃 아래에서 피어난 시민의 목소리

가산디지털단지의 저녁 하늘은 보랏빛으로 물들고 있었다. 퇴근 인파가 쏟아지는 거리에는 벗꽃이 만개해 있었고, 그 아래에서 우리는 촛불행동 서울 서남부 회원들과 함께 퇴진 서명 부스를 펼쳤다. 분홍빛 꽃잎이 흩날리는 길가에서 붉은 배너와 피켓은 더 강렬하게 빛났다. 먼저 도착한 이들은 서명판을 펼치고 자료를 정리하며 시민들을 맞을 준비를 했다. 두꺼운 겉옷을 입은 시민들이 벗꽃나무 아래 일렬로 서서 피켓을 들고 있는 모습은 조용하지만 단단한 결의를 드러냈다.

어둠이 내려오자 네온사인이 켜지고, 서명운동은 조금씩 활기를 띠었다. 퇴근길 직장인들이 발걸음을 멈추고 피켓을 읽다가 조용히 펜을 들었다. "국민의 목소리를 모으고 있습니다." 한마디면 충분했다. 고개를 끄덕이며 서명하는 손길이 이어졌다. 길 건너편에는 더 큰 대오가 형성되어 있었다. "민생파탄 중단하라", "69시간 국가냐" 등 각기 다른 문구들이 결국 하나의 물음으로 모였다. "정치는 국민을 위해 존재하는가." 벗꽃 아래에서 주먹을 들어 올리던 시민들의 표정은 짧지만 강렬한 저항의 순간을 만들어냈다.

오늘 만난 시민들의 반응은 오래 남았다. 한 직장인은 "세상이 이렇게라도 변해야죠"라며 서명했고, 한 시민은 "벗꽃은 이렇게 예쁜데 왜 나라 꼴은 이러냐"고 말하며 쓴웃음을 지었다. 시간이 흐를수록 서명부는 빼곡해졌고, 벚꽃나무 아래 가로등 아래에서 사람들의 마음이 하나씩 기록되었다. 그 안에는 단순한 요구가 아니라 존엄한 시민의 권리와 더 나은 내일을 향한 의지가 담겨 있었다.

벚꽃은 곧 질 것이다. 그러나 오늘 벚꽃 아래에서 모아낸 시민의 목소리는 지지 않는다. 가산디지털단지의 봄밤은 그저 풍경이 아니라, 변화로 향하는 시민의 발걸음이 새겨진 시간이었다.

기도가 외침이 되고,
광장이 다시 깨어나던 순간

서울시청 광장은 평소의 분주함과는 다른 공기로 가득했다. 봄바람이 불었지만, 그보다 더 뜨거운 것은 시민들의 마음이었다. 천주교 정의구현사제단이 주관한 시국 기도회가 열린 날, 나는 촛불행동 자봉단 조끼를 여미고 광장으로 향했다. 가장 먼저 눈에 들어온 것은 흰 제의를 입은 신부님 수십 명이 무대에 나란히 선 장면이었다. "가련한 이들을 공의로 통치하게 하소서"라는 성구가 적힌 현수막 아래에서 그들의 눈빛은 조용하지만 강한 결의를 담고 있었다.

무대 앞에는 촛불과 빨간 피켓을 든 시민들이 가득 모여 있었다. "윤석열 퇴진"이라는 문구는 오늘 광장이 왜 깨어났는지를 명확히 말해주고 있었다. 신부님들마저 그 피켓을 들고 서 있는 모습은 종교적 침묵을 넘어 시대의 부정을 향한 준엄한 경고처럼 다가왔다. 나는 자원봉사자들과 함께 서명판을 펼치며 시민들을 맞았다. "신부님들도 나섰는데, 우리가 가만히 있을 수 있나요." 이 한마디가 오늘의 광장을 움직이는 힘이었다.

기도회가 시작되자 광장은 순식간에 고요해졌다. 신부님들은 차례로 나와 기도문과 시국선언을 낭독했고, 그 언어는 신앙을 넘어 부정의에 대한 단호한 호소였다. 기도가 끝나자 시민들의 외침이 뒤따랐다. "윤석열 퇴진!" 분노라기보다 민주주의를 지켜야 한다는 절박함이 더 강하게 느껴졌다.

서명판은 빠르게 채워졌고, 신부님들의 마지막 축도는 이 나라가 더는 흔들리지 않기를 바라는 기도처럼 들렸다. 광장을 떠나는 길, 내 마음에는 한 가지 확신이 남았다. 기도가 외침이 되고, 외침이 행동이 되는 순간-민주주의는 언제든 다시 깨어난다는 것.

오월의 기억이 다시 불을 밝히던 날

　마음 한쪽이 유독 무거운 날이었다. 광주 시민들에게 남은 빚처럼 느껴지는 감정, 그리고 그 빚을 잊지 않기 위한 다짐이 오늘도 나를 서울시청 앞으로 이끌었다. 광장에는 이미 많은 시민이 모여 있었고, 저녁 빛이 보랏빛으로 스며드는 순간 분위기는 더욱 단단해졌다. 무대 위에는 "오월에서 촛불로"라는 문구가 걸려 있었고, 당시의 상황을 재현한 공연이 시작되자 광장은 깊은 정적에 잠겼다. 군복을 입은 배우가 등장하는 순간 사람들의 표정은 굳어졌고, 1980년의 광주가 눈앞으로 되살아난 듯했다.

　나는 자봉단으로 뒤편을 정리하며 시민들의 반응을 지켜보았다. 어떤 이는 눈시울을 붉혔고, 어떤 이는 두 손을 모으며 오월의 희생을 마음속으로 기렸다. 무대에 오른 시민군의 생생한 증언은 광장을 가르며 모두의 가슴을 흔들었다. "우리는 나라를 지키기 위해 싸웠습니다." 이 한 문장은 43년의 세월을 단숨에 현재로 끌어왔다.

　한쪽에서는 주먹밥 체험이 진행되고 있었고, 시민들은 조심스레 밥을 쥐며 "그때의 마음이 이랬겠지요…"라며 되뇌었다. 해가 완전히 지고 촛불이 켜지자 광장은 또 하나의 오월이 되었다. 마지막 공연 장면 속에서 오월의 기억과 오늘의 촛불이 맞닿는 순간, 나는 다시 깨달았다. 광주에 대한 빚은 슬픔이

아니라 기억과 행동으로 갚아야 한다는 것을. 그 불빛은 오늘
도 우리 손에서 계속 타오르고 있었다.

촛불이 다시 흐름이 되던 날

숭례문과 세종대로는 이른 오후부터 뜨거운 열기로 가득했다. 전국에서 모여든 시민들이 하나둘 모이며 거리는 금세 촛불집회의 결의를 품었다. 더워진 날씨에도 사람들의 표정은 피곤함보다 단단한 결심으로 채워져 있었다.

행렬 앞에는 "답 없는 윤석열"이라는 큼지막한 피켓이 들렸고, 그 뒤로 파란 띠와 깃발을 두른 시민들이 흐름을 만들었다. "촛불행동", "주권은 국민에게"라는 문구가 바람에 펄럭일 때마다 세종대로 전체가 하나의 파도처럼 움직였다.

첫 목적지는 일본대사관이었다. 외교적 굴욕에 대한 시민들의 분노가 "침묵은 굴복이다!"라는 구호로 터져 나왔고, 수백 개의 휴대폰 불빛이 동시에 들어 올려지며 현장은 거대한 울림으로 가득 찼다. 이어 조선일보 사옥 앞에서는 왜곡 보도와 권력 편향 언론을 향한 규탄이 이어졌다.

"언론은 권력이 아니라 국민의 편이어야 한다!"

구호는 건물 벽면을 울리며 더욱 힘을 얻었다.

본 집회 전 숭례문에서는 불교계의 시국 법회가 차분하게 열렸다. 승려들의 법문은 집회가 단순한 항의가 아니라, 종교·노동·농민·시민이 함께하는 연대의 장임을 확인시켰다.

"국민의 고통을 외면한 권력은 오래가지 않는다."

목탁 소리와 함께 울린 이 말은 사람들의 마음을 깊이 흔들었다.

이날 촛불행동은 간호사·농민·노동계·종교계와의 광범위한 연대를 선언하며 "촛불은 더 큰 흐름이 되어야 한다"라는 방향을 제시했다. 광장 곳곳에서 환호가 터졌다.

나는 자봉단으로 오전부터 현장을 정비하고 시민을 안내했으며, 촛불행동으로부터 감사장을 받는 뜻밖의 순간도 맞았다. 짧은 문장이었지만, 함께 걸어온 시간의 의미를 깊이 느끼게 했다. 해가 지기 전 마지막 행진이 끝나자 숭례문 앞엔 노을과 촛불이 겹쳐 거대한 흐름을 이루었다.

"퇴진의 그날까지 촛불은 꺼지지 않는다."

오늘의 장면은 그 약속을 다시 확인하는 순간이었다.

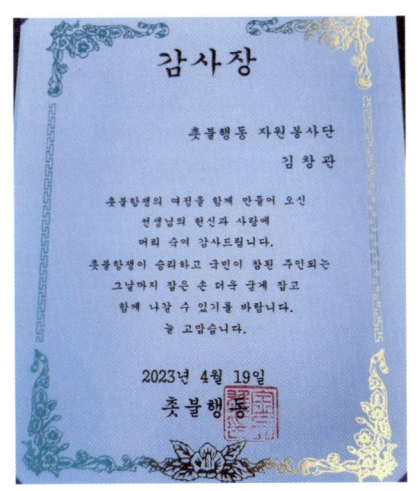

궂은 비를 뚫고 다시 타오르는 촛불

숭례문과 세종대로는 아침부터 비가 내려 축축이 젖어 있었지만, 시민들의 발걸음은 멈추지 않았다. 촛불행동 전국집중 집회가 있는 날, 우산을 쓰고 비옷을 걸친 사람들은 하나둘 광장으로 모여들었고, 그들의 표정에는 이미 굳은 의지가 서려 있었다. 광장에는 "촛불행동", "주권은 국민에게", "퇴진" 등의 문구가 적힌 깃발이 비바람에 흔들리며 대 만들었다. 전국 각지의 촛불행동 지부가 차례로 입장하는 장면은 조직적 연대가 다시 살아나고 있음을 보여주는 상징이었다.

비가 굵어질수록 시민들의 표정은 오히려 더 결연해졌다. 젖은 피켓을 쥔 손은 떨리지 않았고, "비가 우리를 막지 못한다"는 침묵의 공감이 현장 전체를 감싸고 있었다.

이날 가장 뜨거운 순간은 추미애 전 법무부 장관의 발언이었다.

"윤석열 탄핵, 누군가는 앞장서야 합니다. 저는 그 책임을 피하지 않겠습니다."

그 한마디에 광장은 거대한 함성으로 흔들렸다. 이는 단순한 발언이 아니라 정치적 결단이었고, 시민들의 결의를 다시 끌어올리는 불씨였다.

집회의 열기는 분노만으로 이루어진 것이 아니었다. 전국이 폭우로 신음하는 사이 대통령의 명품 쇼핑 논란, 장모의 양평

땅 투기 의혹 등이 더해지며, 시민들은 더 이상 침묵할 수 없음을 절감하고 있었다.

"물난리 난 나라에서 책임져야 할 사람은 어디 있는가?"

이 질문은 빗소리보다 더 크게 세종대로를 울렸다.

집회는 민주주의의 최후 방어선 같았다. 비에 젖은 시민들, 흔들리는 깃발, 무거워진 옷으로도 버티는 대오.

"다시 시작해야 한다."

"전국의 촛불이 다시 타올라야 한다."

이 말들이 빗속을 떠돌며 사람들의 마음을 하나로 묶었다.

비가 잦아든 집회 말미, 시민들의 표정은 더 밝고 단단했다. 오늘의 모임은 단순한 반대가 아니라, 무너진 공동체와 정의를 다시 세우기 위한 행동의 출발이었다.

집으로 돌아가며 나는 조용히 되뇌었다.

"촛불은 꺼지지 않았다. 그리고 오늘, 다시 타올랐다."

대흥동에서 다시 시작된 시민의 기도와 결의

대전 대흥동성당은 평일 밤이라고 믿기 어려울 만큼 묵직한 긴장과 기대감으로 가득했다. 천주교 정의구현사제단이 주관한 시국미사에 참석하기 위해, 그리고 자원봉사자로 역할을 맡기 위해 성당을 찾은 시민들이 이미 앞마당을 채우고 있었다. 예상보다 훨씬 많은 사람들이 조용히 자리를 잡는 모습을 보며, 오늘의 미사가 단순한 종교 행사가 아니라 시대를 향한 선언이 될 것임을 직감했다.

성당 안이 가득 차고 미사가 시작되자, 신부님의 기도는 곧바로 현실로 이어졌다. "이 나라가 더 정의롭고 평화로운 길로 나아가게 하소서." 신앙의 언어였지만, 그것은 분명 현재의 정치적 불의와 혼란을 향한 호소였다. 시민들은 고개를 숙였지만, 침묵 속에는 결의가 담겨 있었다. 공정과 정의가 흔들리고, 권력의 부정이 반복되는 현실에서 이 기도는 반드시 행동으로 이어져야 한다는 공감이 자리를 잡고 있었다.

미사가 끝난 뒤 촛불 행진이 이어졌다. 대흥동 골목길을 밝히는 작은 촛불들은 구호를 외치지 않아도 충분히 메시지를 담고 있었다. "우리는 더 이상 침묵하지 않겠다." 신부님들 역시 시민들과 나란히 걸으며, 종교와 시민사회가 함께 권력의 부당함을 감시하는 연대의 상징이 되었다. 늦은 시간까지 이어진 행진 속에서 시민들은 서로를 격려하며 "여기서 멈출 수 없다"라고 다짐했다.

오늘 대전에서의 미사와 행진은 전국 곳곳에서 이어지는 시민 연대의 한 장면이었다. 잘못된 권력으로 흔들린 균형을 다시 바로잡기 위해 시민이 직접 나서는 민주주의의 힘이었고, 촛불의 역할이 다시 시작되고 있음을 보여주는 순간이었다.

성당을 떠나며 나는 조용히 다짐했다.

평화를 위한 기도는 행동으로, 정의를 향한 외침은 끝까지 이어져야 한다고.

그리고 이렇게 다시금 확인했다.

권토중래 - 촛불은 언제나 다시 일어선다.

전국 촛불의 방향을 다시 세우다

대전은 이틀 동안 전국 촛불행동의 심장처럼 뛰고 있었다. 전국 각지에서 모인 약 200명의 핵심 회원이 13일부터 열린 회원대회에 참여했고, 흐린 하늘 아래에서도 회의장은 뜨거운 연대와 결의로 가득했다. 각 지역은 새 지부 설립, 시민 참여 확장 사례, 고령층·청년층 조직화 전략 등 다양한 활동을 공유하며, 앞으로의 전국적 조직 구도를 다시 세웠다.

특히 모범 사례 발표와 분임 토의는 큰 주목을 받았다. 충남의 고령층 참여 전략, 광주·전라권의 문화 행사형 촛불 캠페인, 수도권의 온라인 청년 조직화 사례는 지역마다 조건은 달라도, 시민들이 느끼는 분노와 정치적 요구는 전국적으로 동일하다는 사실을 확인시키는 시간이 되었다.

김민웅·곽노현 공동대표는 촛불 운동의 미래 방향을 분명히 했다.

"촛불은 단순한 저항이 아니라, 새로운 대한민국을 준비하는 과정입니다."

이 말은 참석자들에게 깊은 울림을 주었고, 이후 토론에서도 전국 조직 강화와 지속 가능한 행동 구조에 대한 논의가 이어졌다.

이번 대회는 단순한 결의의 자리가 아니라, 권력이 국민을 향하지 않는 시대에 시민이 스스로 민주주의를 지켜야 한다는 절박함을 공유하는 정치적 공간이었다. 촛불행동은 일시적 집회를 넘어 전국적 네트워크를 갖춘 시민 정치 조직으로 확장되고 있었고, " ㄱㅛㅇ 정권 퇴진"이라는 명확한 목표 아래 각 지부는 더 넓은 참여를 결의했다.

황운하·윤미향 의원의 격려 방문은 참석자들의 큰 호응을 이끌어냈고, 시민과 정치의 연대가 더욱 선명해졌다.

대회가 끝날 무렵, 회의장은 다시 묵직한 결의로 가득 찼다.

전국 촛불의 재정비, 조직 확대, 그리고 시민 연대의 심화 – 촛불의 힘은 상징이 아니라 현실을 움직이는 힘이며, 그 힘은 지금 다시 전국으로 확장되고 있었다.

폭염보다 뜨거웠던 민심의 함성

서울 숭례문 앞 세종대로는 폭염을 뚫고 모여든 시민들의 열기로 들끓고 있었다. 촛불행동이 주최한 전국 집중 집회에는 전국 곳곳에서 사람들이 모여들었고, 기온은 30도를 훌쩍 넘겼지만 뜨거운 민주주의의 에너지가 현장을 압도했다. 시민들의 구호는 단순한 분노가 아니라 명확한 정치적 선언이었다.

"탄핵은 선택이 아니라 민주주의의 방어다."

나는 이날도 자원봉사단으로 집회장 세팅과 안내를 맡았다. 무더위 속에서의 노동이었지만, 전국에서 모여든 시민들의 결의 앞에서는 피로조차 잊혔다. 정권의 무능과 민생 파탄, 사법 권력의 정치적 편향이 누적되며 시민들의 분노는 이미 임계점을 넘어 있었다.

광장 곳곳에는 "퇴진", "오염수 방류 규탄", "매국 외교 중단" 등의 피켓이 숲처럼 솟아 있었고, 특히 일본 오염수 문제는 정부의 무기력함을 상징하는 핵심 의제로 떠올랐다. 시민들은 과거의 정권조차 민심에 최소한의 응답은 했지만, 지금의 권력은 국민의 항의를 철저히 외면하고 있다고 지적했다.

그 무대응은 단순한 정치적 실수가 아니라 국민 주권을 거부하는 태도로 읽혔고, 그만큼 조직된 시민 저항의 힘은 더 강해지고 있었다. 세종대로를 메운 촛불 지부들의 깃발은 시민이 다시 정치의 중심에 서고 있음을 보여주었다.

광장을 떠나며 나는 한 문장을 되뇌었다.

"국민은 참아도 한계는 있다."

폭염 속 촛불은 단순한 집회가 아니라 다가올 변화를 예고하는 신호였다. 퇴진의 시간은 이미 민심의 흐름 속에서 가까워지고 있었다.

추위를 이기는 민심, 멈추지 않는 퇴진의 흐름

초겨울의 찬 기운이 내려앉은 대전의 밤은 숨을 내쉴 때마다 입김이 일었지만, 그보다 더 뜨거웠던 것은 시민들의 의지였다. 날씨는 차가워졌지만 정권 퇴진을 외치는 민심은 오히려 더 단단해지고 있었다. 매주 촛불집회에 꾸준히 나오는 시민들의 얼굴에는 "추워도 멈출 수 없다"라는 결심이 선명히 새겨져 있었다.

낮에는 장종태 전 서구청장의 출판기념회가 열렸다. 오랜 기간 지역을 이끌어온 그의 경험과 새로운 도전은 지역 정치의 또 다른 희망으로 느껴졌다. 그 자리에서 나는 축하와 응원을 전하며, 서구의 미래를 준비하는 그의 행보가 지역 정치의 큰 힘이 되길 바랐다.

정치는 시민의 열망과 시대적 요구가 모일 때 변화가 가능하다. 대전 촛불의 지속, 지역 정치의 재정비, 그리고 지역 시민들의 연대는 모두 정의로운 변화를 향한 동일한 흐름이었다. 지금 대한민국의 방향을 바로잡아야 한다는 민심은 분명하고도 강력하다.

오후에는 지역 지지자들과 만나 다양한 이야기를 나누었다. 지역 현안에서 국가적 시국까지 이어진 대화 속에서 정치의 본질-초심을 잃지 않는 자세-를 다시 떠올렸다. 서구의 미래를 준비하는 과정에서 가장 중요한 것은 결국 사람과 사람 사이의 믿음이었다.

아침에는 강득구 의원과 점심을 함께하며 정국을 분석했다. 시민들의 분노, 촛불의 확장, 정권 심판의 흐름은 이미 현실이 되었고, 같은 문제의식을 공유하는 정치인과의 만남은 큰 힘이 되었다.

오늘 하루는 대전 촛불의 꾸준함, 지역 정치의 움직임, 중앙 정치와의 소통이 하나로 모여 흐르는 날이었다. 민주주의는 결국 시민이 다시 세우는 것이며, 그 요구는 이미 광장 곳곳에서 피어나고 있다.

추위는 계속되겠지만, 대전의 촛불은 꺼지지 않는다.

퇴진의 그날까지, 우리는 흔들림 없이 걸어갈 것이다.

빠르게 움직이는 정치의 중심에서

여의도의 시간은 유독 빠르게 흘렀다. 저녁부터 이어진 만남과 전화 속에서 다시 한번 느꼈다. 정치 1번지 여의도에서는 작은 단서 하나, 짧은 대화 한마디도 결코 흘려보낼 수 없다는 것을. 오늘의 정보가 내일의 정세를 바꾸고, 사소한 움직임이 거대한 흐름의 변곡점이 되기도 한다. 그래서 나는 매 순간을 기록하듯 가슴에 새기고 있다.

여의도 생활도 어느덧 1년 반. 그 사이 깨달은 것은 지역과 여의도의 기류가 때로는 다르게 흐른다는 사실이다. 지역은 민심이 곧바로 닿는 생활 정치의 현장이라면, 여의도는 전략과 정보가 교차하는 전장이다. 두 흐름이 어긋날 때도 있지만 결국 중요한 것은 이 둘을 하나의 목표로 묶어내는 일이다.

정치는 결국 정보의 싸움이다. 영화 서울의 봄이 보여주듯, 한 발 빠른 정보와 정확한 판단이 국면을 바꾼다. 그래서 여의도에서는 '모르는 것'보다 '잘못 아는 것'이 더 위험하다. 듣고, 확인하고, 해석하는 모든 과정이 정치의 일부다.

최근 연구소에도 총선을 앞두고 각종 요청이 몰리고 있다. 경력증명서, 추천 문의, 인사 검토… 각 조직과 인물들이 제자리를 찾기 위한 움직임이 본격화 하는 신호다. 긴장이 돌지만 중심을 잃지 않는 것이 더 중요하다.

그러나 무엇보다 분명한 목표가 있다.

윤석열 정권의 독단을 끝내야 한다는 국민적 요구.

이 절박함만큼은 여의도도, 지역도 하나로 연결돼 있다.

총선이 다가올수록 정치의 시계는 더 빠르게 움직일 것이다. 민심과 전략이 한 방향으로 모이는 순간, 변화의 힘은 더욱 커질 것이다. 그래서 나는 오늘도 다짐한다. 전국의 민주당 후보들이 승리해야 한다는 절실함, 그리고 정권 심판이라는 역사적 과제를 끝까지 흔들림 없이 붙들겠다고.

양평고속도로 국정조사, 진실을 향한 겨울의 외침

겨울바람이 몰아치는 국회 본청 계단은 묘하게 뜨거웠다. 양평고속도로 국정농단 의혹을 규명하기 위한 국정조사 촉구 집회가 열린 날. 민주당 원외 위원장단과 시민·사회단체들이 한데 모여 만든 대오가 계단을 가득 채웠고, 붉은 글씨의 현수막은 분명한 메시지를 외치고 있었다.

"권력형 비리, 이번만큼은 반드시 밝혀라."

양평고속도로 노선 번복과 특혜 논란은 단순한 정책 문제가 아니다. 국민 세금으로 추진되는 국책사업에 대통령 처가가 개입했다는 의혹이 제기된 순간, 그것은 곧 민주주의의 근간을 흔드는 정치적 사안이 되었다. 국정조사는 바로 이 문제를 제도적으로 밝힐 수 있는 유일한 장치이기에, 오늘의 집회는 항의를 넘어 '정치의 최소한'을 요구하는 절실한 외침이었다.

현장에는 강득구·이소영·여현정 의원, 안진걸 소장 등이 함께했고, 모두가 한목소리로 말했다.

"양평고속도로 게이트, 반드시 국정조사로 진실을 밝히겠다."

추운 날씨에도 시민들은 절대 물러서지 않았다. 국회 본청을 바라보며 피켓을 든 표정은 분노가 아니라 단호함이었다. 정치가 흔들릴 때, 시민의 감시와 참여가 가장 정교하게 작동한다는 사실을 오늘의 현장이 증명하고 있었다.

이날의 모임은 하나의 요구를 넘어선 상징이었다.

권력이 사유화될 때 민주주의는 흔들리고, 그 균열을 막는 힘은 결국 시민에게서 나온다.

양평고속도로 진상 규명은 단순한 사건의 정리가 아니라, 대한민국 정치가 다시 서기 위한 출발점이라는 사실을 계단 위의 우리는 누구보다 잘 알고 있었다.

정의를 말한 밤, 시민의 의지가 이어지다

대전촛불행동이 준비한 류삼영 총경 출판기념회가 열린 밤.

윤석열 정부의 경찰국 신설에 맞서다 좌천되고, 이후 민주당 인재로 영입된 그의 목소리를 직접 들을 수 있다는 사실만으로도 시민들의 표정은 일찍부터 기대와 긴장으로 빛났다. 강당 앞에 걸린 문구-

"나는 대한민국 경찰입니다."

이 문장은 단순한 직함이 아니라, 권력 앞에서 무릎 꿇지 않겠다는 선언처럼 느껴졌다.

무대에 오른 류 총경의 말투는 담담했지만 단호했다.

경찰국 신설이 왜 헌법적 가치를 훼손하는지, 권력의 통제 장치가 무너질 때 국가 시스템이 얼마나 쉽게 기울어지는지를 그는 자신이 겪은 현실을 토대로 생생하게 설명했다.

그리고 한 문장을 남겼다.

"경찰은 국민을 지켜야 합니다. 권력의 방패가 되어선 안 됩니다."

그 순간 강당은 조용해졌고, 시민들의 숨소리마저 깊어졌다.

검찰 편향 인사와 통제 구조에 대한 그의 비판은 현장의 분위기를 더욱 무겁게 만들었지만, 동시에 "정의를 바로 세워야 한다"라는 결심을 더 선명하게 했다. 이어진 질의응답에서는 시민들의 분노와 희망이 직접적인 질문으로 쏟아졌고, 그는 모든 질문에 성실하게 답하며 "국가의 주인은 시민"이라는 메시지를 다시 강조했다.

행사 말미, 총경과 함께 기념패를 들고 찍은 사진 속에는 지난 1년간 촛불행동이 지켜온 가치가 응축돼 있었다. 굿모닝충청의 생중계로 더 많은 시민이 이 시간을 함께했고, 서울 일정으로 내려오지 못했음에도 마음을 보탠 황운하 의원의 응원도 큰 울림이었다.

그날의 출판기념회는 단순한 만남이 아니었다.

권력에 굴하지 않은 한 경찰의 용기, 그 목소리에 귀 기울인 시민들, 그리고 이를 기록해 더 넓게 퍼뜨리는 공동체.

모든 순간은 하나의 문장으로 수렴되고 있었다.

"권토중래 – 정의는 반드시 돌아온다."

대전의 겨울밤, 우리는 다시 다짐했다.

흔들린 국가 시스템을 바로잡는 싸움은

바로 여기, 시민의 연대에서부터 다시 시작된다는 것을.

아직 끝나지 않은 약속

2024년 4월 14일, 대전 유림공원에서 열린 세월호 10주기 기념식에 참석했다.

봄바람은 부드럽게 스쳐 지나갔지만, 그 따스함보다 더 깊게 가슴을 파고든 것은 여전히 풀리지 않은 그날의 진실이었다. 노란 리본이 나뭇가지마다 매달려 흔들렸고, 그 앞에서 멈춰 서는 시민들의 표정에는 10년이라는 시간이 아무것도 해결하지 못했다는 쓸쓸함이 담겨 있었다.

세월호 참사는 단순한 사고가 아니다.

국가가 해야 할 책임을 다하지 못했던, 대한민국 사회의 깊은 균열이 드러난 사건이었다.

그리고 10년이 지난 지금도, 그 균열은 완전히 메워지지 않았다. 진실을 밝히기 위해 싸워온 사람들의 노력은 오늘도 계속되고 있었고, 그들의 손에 쥐어진 '끈'은 시간이 지날수록 더 단단해지고 있었다.

기념식 현장에는 희생된 학생들을 기리는 글과 사진이 놓여 있었고, 시민들은 묵묵히 고개를 숙였다. 바람이 스치면 리본이 흔들리고, 그 움직임이 마치 "잊지 마라"라고 말하는 듯 했다. 나는 그 앞에서 오래 머물렀다.

대답 없는 질문들과 미완의 진상이 여전히 우리를 붙잡고 있지만, 그럼에도 누군가는 끝까지 이 진실을 밝혀내려 애쓰고 있다. 그들의 노력이 반드시 결실을 보아야 한다.

무엇보다도 마음을 울린 것은, 어린 고교생들의 짧았던 삶을 떠올리는 순간이었다.

그날 바다에서 구조를 기다리던 아이들의 얼굴이, 아직도 많은 사람들의 마음속에 선명히 남아 있다. 그 넋을 위로한다는 말만으로는 부족하지만, 우리가 해야 할 일은 분명하다.

기억하는 것, 그리고 다시는 같은 비극을 허락하지 않는 국가를 만드는 것.

세월호 10주기. 유림공원에서 나는 다시 다짐했다.

아직 끝나지 않은 이 싸움에서, 진실은 반드시 제자리로 돌아와야 한다.

총선 민심 위에 다시 타오르는 대전의 촛불

대전촛불행동이 주관한 촛불집회가 오늘도 유성의 초여름 바람 속에서 힘 있게 펼쳐졌다.

무엇보다 반가웠던 것은, 집회 현장 곳곳에서 눈에 띄던 젊은 얼굴들이었다.

가득 찬 청년들의 목소리는 이번 총선에서 확인된 민심이 결코 일시적 분노가 아니라, 미래를 향한 세대의 결단이라는 사실을 다시 보여주고 있었다.

장종태 당선인과 한창민 당선인이 함께 무대에 올라 기조발언을 건넸다.

두 사람의 목소리는 선거의 승리 뒤에 숨지 않고, '시민의 요구에 정치가 응답해야 한다'는 메시지를 똑바로 담고 있었다.

정치가 청년에게 다가가야 한다는 것, 그리고 촛불이 만들어 낸 변화는 이제 시작이라는 다짐이 현장에 잔잔한 울림으로 번졌다.

또한, 기꺼이 재능 기부로 나서준 목진오 친구, 손범석 후배의 참여는 집회 분위기를 더욱 따뜻하게 만들었다.

촛불은 거창한 구호만으로 켜지지 않는다.

자신의 시간과 재능을 기꺼이 내어놓는 시민 한 사람 한 사람의 마음에서 다시 시작된다.

그 작은 헌신들이 한데 모여 광장의 불빛을 더 밝게 했고, 오늘 그 현장은 다시 한번 살아 있는 민주주의의 교과서가 되었다.

이번 총선이 보여준 민심은 분명했다.

준엄했고, 흔들림이 없었다.

그리고 그 민심은 대전 촛불로 이어지고 있다.

촛불행동은 그 흐름을 멈추지 않을 것이다.

시민의 요구를 정치가 듣도록 만들고, 권력이 제 자리로 돌아오도록 압박하는 역할을 끝까지 이어갈 것이다.

집회가 끝난 뒤에도 광장에는 묘한 열기가 남아 있었다.

희망과 결의가 뒤섞인 공기였다.

나는 그 공기를 깊이 들이마시며 이렇게 생각했다.

"민심이 촛불을 만들었고, 이제 촛불이 대한민국의 방향을 다시 잡아갈 것이다."

흔들리는 지지선, 다시 깨어나는 대전의 민심

대전 서구의 밤공기는 예년보다 더 싸늘했지만, 그보다 먼저 체감된 것은 민심의 급격한 변화였다.

"심리적 지지선도 무너졌다."

이 말이 결코 과장이 아니라는 것을, 대전 촛불집회 현장은 그대로 증명해 주었다.

평소보다 두 배 이상 많은 시민들이 광장에 모였다.

추운 겨울밤, 바쁜 일상 끝에 집으로 향하던 발걸음이 왜 광장으로 방향을 틀었을까.

그건 단순한 분노가 아니다.

이제는 더 이상 침묵할 수 없다는 마음, 무너진 기준과 흔들리는 정의를 다시 세워야 한다는 시민적 감각의 깨어남이었다.

대전 서구 민심은 원래 쉽게 흔들리지 않는다.

하지만 한 번 움직이기 시작하면, 그 속도와 힘은 누구도 얕잡아볼 수 없다.

오늘 광장에 모인 시민들의 표정에는 단단한 결의가 서려 있었다.

말없이 촛불을 들고 서 있는 이들, 서로의 어깨를 토닥이며 온기를 나누는 이들, 그리고 조용히 고개를 끄덕이며 구호에 화답하는 이들까지–

그 풍경은 하나의 메시지로 모였다.

"이제는 정말 바꿔야 한다."

찬바람이 몰아치자 촛불행동 자원봉사자들은 롱패딩을 여미고 사람들 사이를 오갔다.

나 역시 다음 집회에는 더 단단하게 대비해야겠다는 생각이 들었다.

하지만 몸이 추운 것보다 더 중요한 건, 마음이 식지 않는 것이다.

겨울바람은 매섭지만, 대전 시민들의 마음속의 열기는 오히려 더 뜨거워지고 있었다.

대전의 민심이 심상치 않다.

이 변화의 기류는 분명 새로운 흐름을 예고하고 있다.

정치는 결국 민심의 속도를 따라갈 수밖에 없다.

그리고 오늘의 대전 촛불은 그 속도가 이미 임계점을 넘었다는 것을 분명히 보여줬다.

롱패딩은 몸을 지키기 위한 준비일 뿐,

민주주의를 지키는 건 각자의 자리에서 촛불을 다시 드는 마음이다.

대전은 깨어났다.

그리고 이 깨어남은 다시, 거대한 변화의 시작이 될 것이다.

국회를 지키기 위해 뛰어올랐던 그 밤

송년회를 마치고 돌아오던 길.

차창 밖의 겨울빛은 고요했지만, 여의도에 가까워질수록 공기가 심상치 않았다.

라디오 속보 한 줄-

"국회, 긴박한 상황… 의장단 진입 저지 충돌."

그 순간 목적지는 집이 아니라 국회로 바뀌었다.

국회 앞은 이미 전장의 한복판 같았다.

경찰 버스가 성벽처럼 둘러서 있고, 그 사이에서 시민들과 의원들이 뒤엉켜 "문을 열어라!"는 외침을 쏟아내고 있었다.

오늘 문을 넘지 못하면, 내일 민주주의가 또 뒤로 밀린다는 절박함이 공기를 짓눌렀다.

정문 앞에서는 몸싸움과 절규가 뒤섞였다.

철제 담을 넘으려는 의원들을 시민들이 떠받치고, 손을 내밀고, 등을 밀어 올렸다.

나는 그 손들 중 하나였다.

누군가는 헐떡이며 말했다.

"국회는 열려야 합니다. 들어가야 합니다."

그 한마디에 다시 힘이 솟았다.

그날의 시민들은 구경꾼이 아니었다.

정치적 방관자도 아니었다.

국회와 민주주의를 직접 지키기 위해 몸을 내민 '공동 주체'
였다.

그들의 눈빛은 겨울바람보다 뜨거웠고, 그 열기로 정문 앞의
긴 대치는 버텨졌다.

이날 우리가 밀어 올리려 했던 것은 단순히 사람 한 명이 아
니라,

민주주의의 숨통 그 자체였다.

그리고 나는 그 한가운데서 다시 확신했다.

시민이 포기하지 않는 한, 국회도, 이 나라의 민주주의도 끝
내 무너지지 않을 것이라고.

겨울밤, 여의도 한복판에서 조용히 다짐했다.

"대전 서구의 호빵맨은, 언제나 민주주의의 겨울을 버텨낼
것이다."

겨울밤, 국회 앞을 채운 뜨거운 에너지

국회 앞은 한겨울의 추위보다 훨씬 뜨거운 시민들의 에너지로 가득했다. 매서운 바람이 부는 밤이었지만, 촛불을 들고 모여든 수많은 사람들의 열기가 국회 앞 도로를 환하게 밝혔다. 노란 불빛이 이어지며 하나의 파도처럼 움직였고, 그 중심에는 특히 많은 젊은 시민들이 있었다.

20대 대학생과 직장인들이 망설임 없이 광장으로 걸어 나왔고, 그들의 표정에는 분노보다 결심이, 혼란보다 "기록하고 확인하겠다"는 단단한 의지가 담겨 있었다.

밤이 깊어갈수록 인파는 더 늘어나 국회의사당 주변을 빽빽하게 채웠다. 그리고 어느 순간, 흐름은 자연스럽게 국민의힘 중앙당사 앞으로 이어졌다. 그 공간을 둘러싼 장면은 말보다 강한 메시지였다.

시민들은 피켓을 들고 침묵하거나, 휴대폰으로 현장을 기록하며 자신의 방식으로 행동에 참여했다. 특히 시민들이 당기를 찢는 퍼포먼스를 펼치던 순간, 현장에는 절박함과 분노, 변화에 대한 강한 요구가 뒤섞여 퍼져 나갔다. 단순한 시위가 아니라, 지금의 정치에 대한 분명한 문제 제기였다.

그 장면을 보며 문득 떠올랐다.

"여의도 버스일기가 탄핵일기가 되었다는 말, 이제 정말 실감난다."

오늘의 촛불은 빛이 아니라 시대의 기록이다.

국회 앞에서, 당사 앞에서, 시민들은 스스로 민주주의를 증명하고 있었다.

탄핵을 부르는 밤, 광장은 뜨거웠다

여의도는 한겨울의 추위가 무색할 만큼 뜨겁게 달아올라 있었다. 탄핵 전야제를 맞아 전국 각지에서 모여든 시민들이 국회 앞 광장을 촘촘히 메웠고, 머리 위로 차가운 공기가 맴돌았지만, 사람들의 눈빛과 목소리는 이미 봄처럼 뜨거웠다.

그 열기는 가수 이승환의 등장으로 절정에 이르렀다. 무대에 서기 전부터 시민들은 그의 대표곡을 흥얼거리며 분위기를 끌어올렸다. 그리고 드디어 무대 조명이 켜지고, 이승환이 첫 음을 띄우는 순간 여의도 전체가 거대한 파도처럼 흔들렸다. "당신이 원하는 건 정의입니까"라는 그의 노랫말은 오늘의 광장이 품고 있는 질문과 감정을 그대로 대변했다. 시민들은 촛불을 흔들며 그 노래에 화답했고, 노랫소리와 외침이 겹쳐 국회 담벼락을 울렸다.

광장의 사람들은 단순한 관객이 아니었다. 모두가 이 순간의 공동 주인공이었다. 어떤 이는 손을 번쩍 들고 구호를 외쳤고, 어떤 이는 조용히 눈을 감고 그동안 눌러왔던 마음을 다잡았다. 누군가는 흩날리는 촛불을 사진으로 남겼고, 또 누군가는 옆 사람의 어깨를 두드리며 "내일이 그날이다"라고 속삭였다. 시민들의 표정에는 두려움이 아니라 확신이 자리하고 있었다.

"탄핵은 멀지 않았다. 민주주의는 우리가 다시 세운다."

이 말이 오늘 여의도에 모인 모두의 마음을 하나로 묶고 있었다.

한겨울 밤바람이 세게 불어도 촛불은 꺼지지 않았다. 오히려 바람은 불빛을 더욱 선명하게 만들었다. 광장 한편에서는 청년들이 피켓을 나눠 들었고, 가족 단위로 온 시민들은 아이들의 손에 작은 촛불을 쥐여주며 "이 불빛이 희망이다"라고 말했다.

그렇게 여의도는 노래와 구호, 촛불과 결의가 뒤엉키며 하나의 거대한 정치적 에너지로 다시 숨을 쉬기 시작했다. 이승환의 무대는 단순한 공연이 아니라, 시민들의 의지를 깨워내는 신호탄이었다.

집으로 돌아가는 길, 나는 오늘의 여의도를 오래 기억하게 될 것임을 느꼈다. 탄핵을 요구하는 시민의 힘은 이미 밤공기를 넘어 하늘로 치솟고 있었다.

그리고 그 힘은 내일, 반드시 역사를 움직일 것이다.

새벽 공기 속에서 다시 떠오른 생각들

용산의 뜨거운 밤을 뒤로하고 이른 새벽 여의도공원에 나섰다. 겨울 공기가 차게 감돌았지만, 어제 광장에서 울리던 함성과 떨림이 아직 가슴속에 잔잔히 남아 있었다. 걷는 동안, 새해가 밝자마자 다시 혼란 속에 들어선 나라의 현실이 자연스럽게 떠올랐다.

지금의 대한민국은 한 사람을 둘러싼 정치적 갈등이 끝없이 이어지며, 보수와 진보를 넘어선 문제들마저 극단의 언어 속에서 왜곡되고 있다. 3·1절도 아닌 날, 많은 시민이 광화문으로 향해 "내란 종식"을 외치며 모여드는 모습을 보며, 사람들은 다시금 국가의 근간이 흔들리고 있음을 느끼고 있다. 대전에서도 새벽 첫차를 타고 올라온 지역 당원들이 있었다. 그들의 손에는 피켓이, 얼굴에는 결심이 담겨 있었다.

3‘1절에 대전 서구 당원들이 광화문에서 함께했다.
"정치는 지금 어디로 가고 있는가. 우리는 어떤 시대를 지나고 있는가."

잎을 모두 떨군 겨울나무는 마치 지금의 나라를 비추는 상징처럼 보였다. 앙상하지만, 다시 싹을 틔울 힘을 품고 있는 모습-혼란 속에서도 변화의 열기가 응축되고 있다는 느낌이 들었다.

지난 기록들을 떠올리며 스스로에게 다시 말했다.

"탄핵의 그날까지, 버스일기는 계속된다."

이 문장은 단순한 투쟁의 구호가 아니라, 시대를 견뎌내는 한 시민의 내부 기록에 가깝다.

해가 떠오르는 여의도공원에서 나는 조용히 다짐했다.

혼란의 시대에도 삶은 계속되고, 시민은 각자의 자리에서 가치를 지키며 움직인다.

오늘의 기록은 그래서 더 담담하고, 더 깊다.

혼란 속에서 다시 거리에 서며

공기는 하루 종일 무거웠다. 민심과 동떨어진 석방 논란이 이어지며 시민들 사이에는 깊은 피로와 불신이 가라앉았다. 법의 원칙보다 정치적 계산이 앞선 듯한 결정들은 혼란을 더 짙게 만들었고, 사람들은 "이대로는 안 된다"라는 절박한 감정으로 현실을 바라보고 있었다.

헌정 질서를 둘러싼 긴장 역시 쉽게 가라앉지 않았다. 헌법 기관에 대한 외압 논란이 이어질 때마다 시민들은 국가의 균형이 어디서 흔들리는지 직접 체감했다. 민주주의를 지키는 문제는 추상적 원칙이 아니라 일상의 안전과 직결된 현실이라는 사실이 다시 확인되는 순간이었다.

점심 무렵 함께한 대전 피켓 시위에서는 시민들의 눈빛이 유난히 오래 남았다. 잠시 스쳐 지나던 이들도 상황을 똑바로 바라보았고, 짧은 행동이었지만 거리에는 단단한 결심이 퍼져 있었다.

저녁이 되자 자연스럽게 광화문으로 발걸음이 향했다. 이미 많은 시민이 광장에 모여 있었고, 어둠 속에서도 서로의 존재가 선명했다. 조용히 손팻말을 들고 서 있는 이들, 신정훈 의원과 12.3연대가 함께 만든 결의의 분위기까지-광장은 격렬하면서도 침착했다.

오늘의 광화문에서 느낀 것은 단 하나였다. 나라가 흔들릴 때 시민들은 오히려 더 단단해진다는 사실. 혼란 속에서도 "무엇이 옳은가"를 묻는 목소리가 사라지지 않는 한, 이 사회는 쉽게 무너지지 않는다는 믿음이었다.

오늘의 기록은 분노가 아니라, 혼란 속에서도 민주주의의 원칙을 잃지 않으려는 시민의 마음에 대한 증언이다.

국회에서 광화문까지, 뜨거운 정치의 길을 걷다

국회 앞 공기는 아침부터 묘하게 긴장돼 있었다. 대전 지역을 대표하는 국회의원들-박범계, 조승래, 장철민, 박정현, 장종태, 박용갑, 황정아 의원-그리고 민주당 지도부 의원들이 여럿 모여 도보 행진을 준비하고 있었기 때문이다.

정치의 중심인 여의도에서 광화문까지, 묵직한 메시지를 품고 걸어가겠다는 뜻이 그들의 표정과 움직임에서 선명하게 전해졌다.

행진이 시작되자 국회의 담장을 지나 여의도 거리를 가로지르는 발걸음에는 단순한 집회 참여를 넘어선 감정이 담겨 있었다. 최근까지 이어져 온 정치적 갈등, 헌정 질서를 둘러싼 논란, 그리고 12.3 사태 이후 각종 의혹과 혼란은 많은 시민들에게 여전히 충격으로 남아 있다.

그런 시대의 공기 속에서 오늘의 도보 행진은 "국가가 어디로 가고 있는가"라는 질문을 던지는 정치적 행동의 상징처럼 보였다.

행진 대열 양옆에는 시민들이 조용히 서서 바라보고 있었다. 누군가는 스마트폰을 들어 모습을 기록했고, 누군가는 국회 방향을 향해 고개를 끄덕이거나 깊은 한숨을 내쉬었다.

정치적 입장의 차이를 떠나, 지금 이 나라가 불안정한 순간을 지나고 있다는 공감만큼은 많은 사람들의 표정에서 읽을 수 있었다. 의원들의 대열은 광화문을 향해 천천히 나아갔다. 차가운 바람 속에서도 발걸음은 흔들리지 않았다.

그 행진은 단순한 구호가 아니라, 현 시국에 대한 정치적 우려와 책임 요구를 담은 묵직한 메시지였다.

국가의 원칙이 흔들렸다고 느끼는 시민들, 헌정 질서가 위협받았다는 불안 속에서 하루하루를 보낸 사람들의 감정이 이 도보 위에 켜켜이 쌓이는 듯했다.

광화문에 가까워질수록 도심의 소음과는 다른 울림이 들려왔다.

정치란 결국 제도의 문제가 아니라 사람의 문제이며, 그 사람이 지닌 책임과 판단이 국가의 운명을 뒤흔들 수 있다는 사실을 우리는 지난겨울에 뼈저리게 확인했다.

그래서 오늘의 도보 행진은 특정 개인을 향한 단순한 비판이 아니라, "정치가 다시 국민의 신뢰를 회복할 수 있는가?", "헌정 질서가 무너지지 않기 위해 무엇을 바로잡아야 하는가?"라는 질문을 세상에 던지는 행위였다.

국회에서 광화문까지, 그 길 위에서 시민과 정치인은 결국 같은 질문 앞에 서 있었다. 다시 정의로운 나라를 세울 수 있을지, 이 혼란을 어떤 방식으로 넘어설지.

오늘의 기록은 그 질문을 함께 나눈 하루의 이야기다.

해태상 아래에서 다시 떠오른 생각들

경복궁역 주변의 공기는 유난히 무거웠다.

역사의 결이 스며 있는 거리에는 시민들이 조용히 모여들고 있었고, 그 한가운데 영등포을 김민석 의원도 자리했다. 거창한 발언 없이 거의 매일 현장을 찾는 그의 모습은, 불신이 깊어진 시대 속에서 드물게 느껴지는 진심처럼 다가왔다. 집회가 열린 해태상 앞은 오래전부터 '권력의 균형'을 상징해 온 장소다. 그 아래에 서 있으면 자연스럽게 질문이 떠오른다.

"지금의 권력은 어디를 향하고 있는가."

최근 이어진 정치·사법적 혼란은 많은 시민에게 피로와 불안을 남겼다. 민주주의의 기준이 흔들린다는 감각, 국가 시스템의 균형이 어긋났다는 우려는 오늘 집회에서도 그대로 드러났다.

사람들이 말한 것은 분노보다 절실함이었다.

누구를 향한 감정이 아니라, "제대로 된 판단"과 "원칙 회복"에 대한 요구였다.

해태상 아래로 스며드는 햇빛과 차가운 바람, 손팻말을 든 시민들의 조용한 표정은 오늘의 공기를 더욱 단단하게 만들었다.

많은 이들은 사법부가 혼란의 시간을 정리하고 무너진 원칙을 바로 세워주길 기대하고 있었다.

집회가 끝날 무렵 하늘은 어둑해졌지만, 사람들의 표정은 오히려 또렷했다. 각자의 방식으로 이 시대를 지키려는 시민들의 모습이 오늘의 기록을 더욱 깊게 했다.

이 버스일기는 분노가 아닌, 제도와 정의가 제자리를 찾길 바라는 한 시민의 성찰이다.

파면 이후 남겨진 질문들

파면 선고가 내려진 오늘의 공기는 이상할 만큼 무겁고도 텅 비어 있었다. 정치적 혼란의 긴 터널이 마침내 끝난 듯 보이지만, 그 과정에서 시민들이 견뎌야 했던 두려움과 질문은 여전히 가슴속 깊은 곳을 건드렸다.

집에 도착하자마자 확인한 한 통의 안내 메시지—서울경찰청 공공범죄수사팀이 나의 통신 자료를 조회했다는 사실은 복잡한 감정을 더욱 짙게 만들었다. 서울과 대전을 오가며 현장을 지켰던 날들, 국회 앞 대치 속에서 서로 "혹시 오늘 무슨 일이 벌어질까" 속삭이던 그 순간들이 동시에 떠올랐다. 법 절차 안에서 이루어졌다고 해도, 국가기관이 개인의 통신정보를 조회했다는 사실은 결코 가볍게 넘길 수 없다.

더구나 조회일은 12월 5일. 계엄 논란이 최고조에 이르렀던 날이었다. 그 시점과 조회 날짜가 겹쳐 떠오르는 건 어쩔 수 없는 일이다. 만약 파면이 이루어지지 않았다면 어떤 일이 벌어졌을까—그 상상만으로도 등줄기가 서늘해졌다.

오늘의 파면은 하나의 결론이지만, 그 너머에 남겨진 두려움과 의심, 권력의 작동 방식에 대한 불안은 여전히 풀리지 않았다. 오히려 지금이야말로 그 과정을 더 철저히 살펴야 할 때다. 민주주의는 제도만으로 돌아가지 않는다. 시민이 두려움 없이 숨 쉴 수 있어야 비로소 작동한다.

오늘 나는 마음속으로 되뇌었다.

"정치적 결론보다 더 중요한 것은, 국민이 두려움 없이 살아
갈 수 있는 나라다."

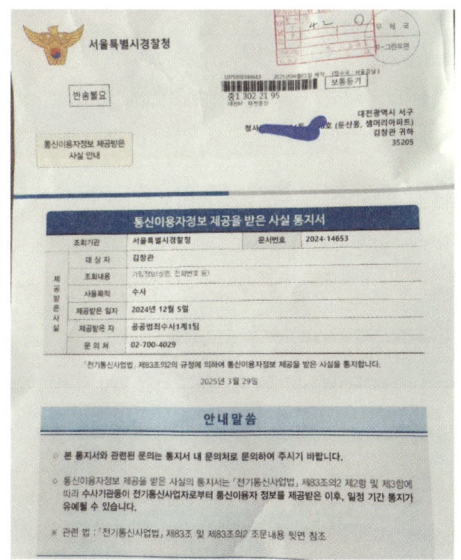

아직 끝나지 않은 시대의 그림자 속에서

  대전의 늦은 봄바람 속에서 오랜 촛불 동지들과 다시 마주 앉았다.

  파면까지의 거친 시간을 함께 버텨낸 얼굴들, 대학생 동아리 '새벽'의 젊고 뜨거운 목소리까지-그 모든 존재들이 오늘 이 자리에 모였다.

  그러나 우리의 만남은 단순한 회고가 아니었다. 정치적 소용돌이는 한고비 넘겼지만, 나라의 혼란이 끝났다고 누구도 확신할 수 없기 때문이다.

  대통령 파면이라는 결론은 분명한 이정표였지만, 그 과정에서 드러난 심각한 문제들-권력 남용, 위기 대응 실패, 시민 안전과 기본권에 대한 불안-은 여전히 해결되지 않은 채 사회 곳곳에 남아 있다. '내란'이라는 단어가 매일 뉴스와 정치권을 오가던 지난겨울을 떠올리면, 우리는 국가 시스템이 얼마나 쉽게 흔들릴 수 있는지 직접 체감했다.

  오늘의 자리에서는 웃음 속에 묵직한 질문이 공존했다.

  "우리가 지나온 시간이 정말 끝난 걸까?"

  시민들은 그 혼란이 남긴 흔적을 이야기하며, 다시는 같은 위기를 반복하지 않기 위해 무엇을 지켜봐야 하는지 조심스레 나누었다.

  봄밤의 대전은 고요했지만, 우리의 이야기는 뜨거웠다.

민주주의는 제도만으로 유지되지 않는다. 위험을 감지하는 시민의 감각, 부정을 기억하는 마음, 그리고 끝까지 지켜보려는 의지가 민주주의를 완성한다. 오늘의 기록은 선언이 아니라 자각이다.

"아직 끝나지 않았다." 이 기억이 존재하는 한, 우리는 다시 흔들리지 않을 것이다.

법원 앞에서 다시 떠오른 질문들

봄기운이 스며드는 대전지방법원 앞에 서 있는 동안 내 마음 속에는 하나의 의문이 반복해서 떠올랐다. 대법원이 이재명 후보 사건을 이례적으로 빠른 속도로 전원합의체에 회부했다 는 소식은 단순한 절차가 아니라, 사법부가 정치적 구도 속으 로 깊숙이 끌려 들어가는 듯한 불안감을 낳았다. 법이 어떤 결 정을 하든, 그 과정이 시민에게 설명되고 이해될 수 있어야 한 다. 그러나 이번 결정은 그 '과정'이 비어 있었다.

무엇보다 충격이었던 것은 '속도'였다. 사건의 복잡성은 그 대로인데, 대법원의 판단은 마치 시간을 건너뛰듯 서둘러 발 표됐다. 왜 지금인지, 무엇이 급한지, 누구도 충분한 설명을 듣지 못했다. 그 불투명함이 시민들의 신뢰를 무너뜨린다.

현장에서 들은 말들은 특정 인물을 향한 편들기가 아니라, 사법의 공정성과 독립성에 대한 우려였다. "사법부는 어디에 서 있는가", "국가의 마지막 안전장치는 정말 작동하고 있는 가"라는 질문이 사람들의 마음속에 깊게 자리 잡고 있었다.

돌아오는 길, 나는 다시 생각했다. 정치는 흔들릴 수 있어도, 사법의 신뢰만큼은 흔들려서는 안 된다. 법의 균형이 무너지 는 순간, 나라의 중심도 함께 기울기 때문이다. 오늘의 기록은 그 균형을 다시 묻는 마음에서 나온 문장이다.

대전 한복판에서 다시 떠오른 질문들

대전의 한낮은 뜨거웠지만, 시민들의 표정은 그보다 더 뜨겁고 단단했다.

서울에서 이어지는 극단적인 정치 갈등과 정당 간의 날 선 언어, 제도적 균형을 흔드는 폭주가 국민들의 신뢰를 약화시키고 있다는 체감은 대전에서도 다르지 않았다.

곳곳에서 터져 나오는 의혹과 논란으로 시민들은 깊은 피로감을 호소했고, "정치가 과연 국민을 위해 존재하는가"라는 오래된 질문이 다시 떠올랐다.

특히 지역에서 벌어진 각종 사건-가족 간 충격적 논란, 공공기관 사업과 입찰 과정에 대한 의혹, 측근 비리 수사-은 시민들에게 실망과 분노를 안겼다.

서구 지역을 지켜보는 주민들은 "이 지역 정치가 어디로 향하고 있는지 모르겠다"고 우려를 내비쳤다. 이날 촛불 시민단체가 긴급 기자회견을 연 것도 이러한 흐름 때문이었다.

광장에 모인 시민들은 특정 정당을 겨냥한 분노가 아니라, 정치 시스템 전반에 대한 책임 요구를 외쳤다. 공적 권력을 다루는 사람이라면 어느 정당이든, 어느 성향이든 더 높은 도덕성과 투명성을 갖춰야 하며 의혹이 제기되면 낱낱이 밝혀야 한다는 메시지가 중심이었다.

기자회견장은 과격한 구호 대신 침착한 문제 제기와 성찰의 요구로 채워졌다.

정치는 국민의 삶을 지키는 제도여야 한다. 권력을 위임받은 이상, 정치인은 더 엄격한 기준을 스스로에게 적용해야 한다는 것이 그날 시민들의 한목소리였다. 행사가 끝난 뒤 사람들은 조용히 흩어졌지만, 마음속에 남은 메시지는 분명했다.

"정치를 바로 세워야 한다."

오늘의 기록은 비난이 아니라, 신뢰를 회복하기 위한 정치의 책무를 묻는 시민의 목소리로 남는다.

여의도에서 다시 떠오른 그날

오늘은 이태원 참사 3주기다. 오전 10시 29분, 서울 곳곳에서 울릴 추모 사이렌을 떠올리며 국회 일정으로 여의도에 와 있던 나는 잠시 걸음을 멈추었다. 그 소리는 단순한 추모가 아니라, 국가가 결코 잊어서는 안 될 책임을 다시 묻는 시간이다.

문득 1주기의 기억이 되살아났다. 유족들과 시민들이 이태원에서 국회까지 장대비를 맞으며 걸었던 그날, 차가운 비보다 더 무겁게 젖어 있던 것은 사람들의 마음이었다.

세 해가 지났지만 참사의 본질은 여전히 해결되지 않았다. 젊은 생명들이 아무 잘못 없이 구조받지 못한 채 떠난 이유는 '안전 시스템'이 무너졌기 때문이다. 정치는 참사를 설명할 수는 있지만, 유족의 상처를 치유할 수는 없다. 오늘 다시 스스로에게 묻는다.

"우리는 얼마나 달라졌는가. 다시는 같은 비극을 막을 준비가 되어 있는가."

곧 사이렌이 울릴 것이다. 그 소리를 마음 깊이 새기며, 떠나간 이들을 기억하고 남겨진 유족들에게 조용히 위로를 보낸다. 그리고 다시 다짐한다.

국가는 기억해야 한다. 정치는 달라져야 한다.

우리는 잊지 않을 것이다.

다시 광장으로 모이는 시대의 흐름

대전에서의 주말 촛불집회를 마친 뒤, 일요일 오전, 전국 촛불행동의 2차 전국 대표자 회의가 대흥동 국보에서 열렸다.

전국 각 지역의 지부 대표자들이 한자리에 모여 최근의 정치 상황과 시민사회의 흐름을 공유하며 앞으로의 활동 방향을 깊이 있게 논의했다.

회의 분위기는 조용하지만 단단했다. 지난 몇 달간 이어져 온 정치적 불안과 혼란, 국가 시스템 전반에 대한 시민들의 우려는 대표자들의 발언과 표정 속에서 그대로 드러났다.

여러 지역에서 보고된 현장의 분위기는 한결같았다. 시민들은 잠시 흩어진 듯 보였지만, 실제로는 다시 광장으로, 다시 공론장으로 걸어 나오고 있다는 것이다.

정치적 갈등이 길어질수록 광장은 오히려 더 명확한 시대의 징후가 된다. 어떤 세력이든, 어떤 권력이든 흐트러진 균형을 다시 세우려는 시민의 욕구를 영원히 막을 수는 없기 때문이다. 오늘의 기록은 단순한 집회 후기가 아니라, 혼란 속에서도 사회를 다시 바로 세우려는 시민적 감각이 살아 있음을 보여주는 작은 증언이다.

역사의 흐름은 잠시 미뤄질 수는 있지만, 결국 제 방향을 찾아 움직인다는 사실을 대전의 거리와 회의장의 공기가 말해주고 있었다.

광화문에서 느낀 주권의 무게

광화문 미 대사관 앞은 이른 아침부터 묘한 긴장감으로 가득했다. 해외 체류 한국인을 둘러싼 조치들, 그리고 거액의 해외투자 요구와 관련된 논쟁은 많은 시민에게 불안과 답답함을 남겼다. 오늘의 기자회견은 바로 그 문제들을 공개적으로 짚어내고 비판적 시각을 밝히기 위한 자리였다.

기자회견은 차분하지만 단단한 분위기 속에서 진행됐다. 발언마다 현장을 지나던 시민들이 멈춰 서 귀를 기울였다. 기자회견 후, 대표단은 대사관 측에 항의 서명을 전달하기 위해 이동하려 했다. 그러나 대사관 앞 횡단보도에서는 경찰이 이동을 제지하며 일시적인 대치 상황이 이어졌다.

서명을 들고 기다리는 시민들, 지켜보는 행인들, 서늘한 바람에 나부끼는 현수막 사이로 현장의 분위기는 한층 더 팽팽해졌다. 그 순간 가장 강하게 떠오른 생각은 하나였다. 외교적 변수는 존재할 수 있고, 국제정치의 복잡성은 늘 따라오는 것이지만, 그럼에도 국가 주권의 중심에는 언제나 국민이 있어야 한다는 점이다.

그 원칙이 흔들릴 때 시민이 거리로 나오는 이유 역시 여기에 있다. 광화문을 스치는 바람 속에서 오늘의 현장은 단순한 항의가 아니라 "한국의 주권은 누구의 것인가"를 다시 묻는 시대적 질문의 장이었다.

의정 활동

늘 처음처럼 - 주민을 향한 길 위에서

 정치는 거창한 언어로 시작되는 일이 아니었습니다. 누군가의 손을 잡아보고, 그 손에 담긴 노동의 무게를 느끼며, 어느날 갑자기 찾아온 폭염에 지친 어르신이 건네는 한마디 걱정을 들을 때, 정치는 그 순간 비로소 얼굴을 갖추기 시작했습니다. 나는 그 얼굴을 잊지 않으려고 애써왔습니다. 그리고 그얼굴들을 따라 걷다 보니, 어느새 내 삶은 '주민을 향해 걷는일'로 채워져 있었습니다.

 시간을 돌이켜보면, 의정활동의 날들은 마치 계절처럼 제 삶을 지나갔습니다. 봄이 오면 새 과제를 품었고, 여름이 되면뜨거운 현장의 열기와 마주했습니다. 가을에는 많은 고민이나뭇잎처럼 쌓였고, 겨울에는 그것을 다시 되짚으며 더 바른길을 찾고자 했습니다. 그렇게 정치의 사계절을 지나며, 저는시민의 삶이라는 풍경 속에 작은 한 사람으로 서 있었습니다.

 의정의 길은 늘 화려하지 않았습니다.

 오히려 보이지 않는 자리에서의 긴 회의, 민원인의 떨리는목소리, 갈등을 다독이며 답을 찾아가는 조용한 밤들이 더 많았습니다. 그 시간 속에서 저는 정치가 거창한 말보다 사람의마음을 헤아리는 일에 더 가깝다는 사실을 자연스럽게 배웠습니다.

 가끔은 마음이 무거울 때도 있었습니다. 해결해야 할 문제는 산처럼 많았고, 그 문제 뒤에는 언제나 삶의 무게를 짊어진 주민들이 있었습니다. 하지만 바로 그분들의 한 마디가 제 발걸음을 다시 일으켜 세웠습니다.

"의장님, 그냥 들어주셔서 감사합니다."

그 짧은 말 한 줄이 얼마나 큰 힘이 되었는지 모릅니다.

지역 곳곳을 걸으며 만난 풍경들도 잊지 못합니다.

새벽 출근길에 묵묵히 가게 문을 열던 상인의 뒷모습, 학교 앞에서 아이의 손을 꼭 잡고 서 있던 학부모의 눈빛, 노란 가을 햇살 아래 천천히 산책하시던 어르신의 걸음. 저는 그 모습들을 보며 '정치란 바로 이 일상 속에서 시작되는 것'임을 마음 깊이 느꼈습니다.

길 위에서, 회의장에서, 민원 현장에서 저는 수없이 되묻곤 했습니다. "나는 지금 이분들의 삶을 조금이라도 편안하게 하고 있는가?"

그 질문은 의정활동 동안 단 한 번도 제 곁을 떠나지 않았습니다. 그리고 앞으로도 놓치지 말아야 할 저만의 나침반이 될 것입니다.

돌아보면, 완벽하지 않았던 순간도, 부족했던 선택도 있었을 것입니다. 하지만 정직하게 고민하고, 진심을 다해 움직이려 했던 시간만큼은 제 마음속에 따뜻한 온기처럼 남아 빛나고 있습니다.

의정활동은 저에게 하나의 길이 아니라 하나의 마음을 남겼습니다.

사람을 향한 마음, 공동체를 향한 마음, 그리고 더 나은 내일을 향한 마음 말입니다.

앞으로도 저는 그 마음을 잃지 않겠습니다.

정치인으로서가 아니라, 같은 삶을 살아가는 이웃으로서 여러분 곁에서 묵묵히 걸어가겠습니다.

1장. 다시, 주민을 향한 첫걸음

아침 햇살은 유난히도 맑았다. 서구청 앞 광장에는 진한 여름의 열기가 흐르고 있었고, 나는 그 뜨거움 속에서 다시 한번 다짐을 새기고 있었다.

"늘 처음처럼."
이 말은 내게 오래된 주문이자 다짐이었다.
처음 품었던 마음을 잃지 않겠다는 약속.
내가 왜 이 길에 들어섰는지 잊지 않겠다는 다짐.
그리고 그 다짐은 지금까지도 나를 주민 곁으로 데려가는 나침반이 되었다.

바로 그 문장을 마음에 품은 채 제8대 대전 서구의회 개원식장에 들어섰다.
의장석 앞에 섰을 때, 목재가 뿜어내는 은은한 향과 회의장의 엄숙한 공기는 묘한 울림이 되어 가슴을 파고들었다. 신뢰에 대한 감사, 막중한 책임의 무게, 그리고 주민을 향해 더 가까이 걸어가겠다는 다짐 등이 서로 얽혀 내면에서 뜨겁게 요동쳤다. 그 순간, "주민을 섬기고 동료의원들과 화합하며, 협력과 견제라는 두 축으로 균형을 잡겠다"는 나와의 약속이 조용히 자리를 잡았다.

지역 대학 강당에서 열린 역사적인 본회의

며칠 뒤인 7월 20일,
우리는 대한민국 지방의회 역사에 작은 물결 하나를 일으켰다.
의회 건물이 아닌, 대학 강당—배재대학교 21세기관에서 본회의를 연 것이다.

정형화된 틀에서 벗어난 그 과감한 시도는
'의정은 지역과 주민에게 더 가까워져야 한다.'는
나의 오랜 지론을 현실로 보여주는 자리였다.

강당에 모인 청년들의 표정은 진지했고,
그들의 질문은 예리하며 때로는 따뜻했다.
나는 그들의 눈빛에서
미래를 살아갈 세대의 고단함과 희망을 동시에 보았다.

그날 이후, 나는 청년 문제를 하나의 '정책'이 아니라
'함께 걸어가야 할 삶의 문제'로 바라보기 시작했다.

관용차교체

내구연한이 다 된 의장 관용차를 바꿀 때가 되었다.

의장이다 보니 내 의견이 중요했다.

당시 정부에서도 친환경차를 보급 초기라 적극적인 정책으로 홍보하고 국민들의 전기차 구매를 유도했다.

나는 "관에서부터 모범을 보여야 국민들도 국가정책을 신뢰한다"는 논리로 반대하던 다른 의원들을 설득하여 당시 납품한 자동차 회사도 소형 전기차를 관용 의전차로 납품한 건 처음이라며 의아했지만 선출직 공직자는 주민께 모범을 보여야 하고 실천으로 이어져야 한다는 신념을 갖고 있었기에 구매를 하여 의장 2년 임기 동안 잘 타고 만족스러웠다.

무더위 속에서 배운 정치의 기본

유난히 뜨거웠던 2018년 여름,
폭염은 모든 생활의 틈을 파고들었다.
그늘 한 줌에 의지해야 하는 주민들의 고단한 일상을 마주하면서 정치란 실은 '그늘막 하나를 세우는 일'에서 시작될 수 있음을 깨달았다.

횡단보도 그늘막 설치 건의를 들고 집행부를 찾아다녔고,
살수차가 도로를 식히는 장면을 보며
내가 지금 어디에 서 있어야 하는지 분명해졌다.
정책은 큰 것만이 아니었다.
생활 가까이 있는 것이 진짜 정책이었다.

현장에서 들은 목소리들

그해 7월 마지막 날,
유등복지관에서 열린 청춘대학 가요제에서는
어르신들의 노래가 무더위를 뚫고 힘차게 울려 퍼졌다.
그 자리에서 나는 '행복은 거창하지 않다.'는 진실을 다시 배웠다.

다음 날에는 한화 이글스 경기장에서
CMB 일일 해설을 맡는 뜻밖의 경험도 따라왔다.
수만 명의 함성이 쏟아지는 운동장 한가운데에서
나는 주민들과 함께 웃고 호흡하며
지역 정치인이란 '지역의 일상을 함께 살아가는 사람'이어야 한다는
단순하지만 중요한 사실을 되새겼다.

2장. 마을과 사람 사이에서

둔산, 월평 지역은 녹지가 많은 곳이다.

정부청사 공원과 샘머리공원, 그리고 갑천을 따라 걷는

둘레길이 아름답게 조성되어 있지만 걷기에는 불편한 점이 적지 않았다.

의회와 박범계 국회의원님, 당시 장종태 서구청장님이 손을 맞잡았다.

야당에 극한 반대에도 국비를 확보하고 구비를 매칭하여

둔산, 월평권의 황토길을 완성 하였다.

기뻐하던 주민들은 이제 밤에도 안심하고 운동할 수 있게 되었고, 설치된 조명등과 CCTV는 안전을 더해 주었다.

황톳길은 대전의 명물이고 주민의 건강증진에 기여하고 있다.

주민의 마음을 얻고 실천하는것 국회의원과 지방의원이 협력하면 못 이룰 일은 없다.

항상 주민만 보고 가는 사람이 되야겠다고 다짐한다.

로컬푸드, 씨앗이 결실이 되기까지

2018년 8월 22일, 탄방동 남선 체육공원 안의 작은 공간이 오랫동안 기다리던 결실을 맞이했다.

라온아띠 로컬푸드 매장 개장식.

이 프로젝트는 내게 각별한 의미가 있다.

2013년, 나는 '로컬푸드 육성 지원 조례'를 발의했다.

도시와 농촌을 잇고 더 신선한 먹거리, 더 공정한 거래, 더 건강한 지역경제를 만들고 싶다는 간절한 바람을 담았었다.

그때 심어둔 씨앗이 5년 뒤 실제 매장이라는 열매로 맺히는 모습을 보니 정치가 비록 느릴 때도 있지만 한 걸음씩 확실한 길로 나아가고 있음을 확인할 수 있었다.

로컬푸드는 단순히 농산물을 파는 공간이 아니라,

우리 지역의 농부와 소비자가 서로의 삶을 지지하고 연결하는 통로였다.

나는 그 통로에 더 많은 사람들의 발자국이 오가는 모습을 꿈꾸며 리본을 잘랐다.

복지관의 작은 책상에서 들린 큰 고민들

8월 10일, 장애인협회 권준석 회장님이
의장실을 방문해 주셨던 날이 떠오른다.
시원한 커피 한 잔을 건네며 "꼭 조례를 만들고 싶다."라던
그의 절절한 설명은 장애인의 이동권과 생활권 보장을
우리 사회가 더는 외면해서는 안 될 문제임을 일깨워 주었
다.

그날 오후에는 서구 마을넷 활동가들과 둥근 책상에 마주 앉
아 '마을공동체'라는 단어의 의미를 다시 곱씹었다.
마을이란 건 결국 사람이 모여 사는 공간이 아니라,
사람이 서로를 지지하고 돌보는 구조였다.

나는 그 자리에서
"마을을 살리는 일은 행정이 아니라 주민 스스로의 의사로
부터 시작됩니다."
라는 말을 조용히 전했고, 그 말은 회의실 벽에 오래도록 남
아 울리는 울림처럼 퍼져나갔다.

공부하는 의회, 배우는 정치

8월 중순에는 전북 완주의 지방자치인재개발원에서 열린
'지방의회 아카데미'에 참석했다.
전국 지방의원들이 한자리에 모인 낯선 장소에서,
나는 의원이 된 지 얼마 되지 않았던 초심으로 돌아갔다.
의장이라는 직책을 내려놓고 한 명의 학습자로 돌아가
자치분권과 지방의회의 역할을 다시 배우는 시간은
내게 어떤 상보다 값진 경험이었다.

강의실 밖 테라스에서
동료 의원들과 나눈 대화의 마지막 한 줄을 나는 잊지 않는
다.
"배우려는 의지가 있는 정치인은 늙지 않는다."
그 한마디가 깊이 가슴에 박혔다.

어르신들의 나들이, 예술가들의 무대

9월이 되자 지역은 한층 가을 기운을 머금기 시작했다.
보라2단지 경로당 어르신들을 속리산으로 배웅한 날,
나는 버스 안에서 어르신들이 나누는
담백하고도 따뜻한 말들을 들었다.

"우리 때는 말이야…"
그들의 오래된 시절 이야기는
한 시대의 삶을 정직하게 담아낸 기록이었다.

같은 시기, 전국 여성 미술대전에서
수상자들을 축하하며 세상을 바라보는 '예술의 눈'을 다시
생각했다.
예술이란 결국 천천히 오래 바라보는 힘이며,
정치도 어쩌면 같은 길 위에 놓여 있다는 생각이 들었다.

작은 변화가 만드는 '안전한 길'

초등학교 통학로에 있던 전기 개폐기 배전반이
아이들의 시야를 가려 사고 위험을 만든다는 이야기를 듣고
나는 곧바로 현장을 찾았다.

작은 상자 하나가
어린 학생들의 생명을 위험하게 할 수도 있다는 사실이
머리를 강하게 때렸다.

바로 조치를 건의했고,
한전의 협조로 배전반 지중화가 이루어졌다.
둔산초, 서원초 주변의 위험 요인이 사라지자
학부모들은 안도의 숨을 내쉬었다.

정치는 이렇게 '보이지 않는 장애물'을 걷어내는 일이기도
했다. 언젠가 그 길을 걸어갈 아이들이
'나는 안전했다'고 기억해주기만 해도 충분했다.

3장. 지역을 품고, 주민의 소리를 듣다

정례회와 결산의 무게

2018년 9월, 정례회가 마무리되던 시점,
나는 의원들과 함께 다큐멘터리를 관람했다.
전국 기초의회 최초로 서구의회에서 본회의장 상영했고,
이후 국회 의원회관 대회의실에서도 상영한
산내 골령골 민간인 학살 사건을 다룬 기록물이었다.
묵직한 침묵 속에서
우리는 민주주의의 뿌리와 책임을 다시 생각했다.

어린이들이 던진 정책의 씨앗

몇 달 뒤,
청소년 원탁회의 정책 보고회가 열렸다.
청소년들이 바라본 서구의 모습은
놀랍도록 현실적이면서도 순수했다.
"횡단보도에서 차가 너무 빨라요."
"집 근처 도서관을 해주세요"

그 작은 목소리들은
내게 큰 울림이 되었다.
정책이란 결국,
가장 작은 목소리를 향할 때 가장 크게 빛난다는 사실을
청소년들이 알려주었다.

안전과 문화를 향한 걸음

대전경찰청에서 서구민과 함께하는 치안 설명회를 개최하였다. 현장에서의 안전에 대한 요구가 많았다. 나는 그분들의 말에서 책임감과 지침이 교차하며 '안전 도시 서구'를 만들어야겠다고 다짐한다.

이어 서구 소리새합창단의 연습실에서는 노래 속에 담긴 어르신들의 삶의 무게와 희망을 귀로 들을 수 있었다.

정치인은 말로 일하지만,

때로는 말보다 귀가 더 중요한 법이다.

교통의 숨통을 틔우다

2019년, 대덕대로와 은하수네거리의 상습 정체 구간이 마침내 해소되었다.

나는 수년 전부터 이 문제를 꾸준히 건의해왔다.

출퇴근길마다 길게 늘어선 차량 행렬을 볼 때마다 "언젠가 꼭 이 길을 바꿔놓겠다." 는 다짐을 했었다.

그리고 결국, 도로 확장으로 그 길은 새로운 호흡을 갖게 되었다.

이 변화는 단순한 '차선 하나의 확장'이 아니었다.
그 길을 매일 오가는 수많은 직장인과 학생들의 하루가
조금 더 여유로워졌다는 의미였다.

대덕대로 상습 교통정체구간 차로 확장

병목구간으로 상습적인 교통흐름을 방해했던 계룡로 큰마을네
거리에서 은하수네거리 주유소앞 구간에 대한 차로 확장 사업
이 완료됐다.

김창관 서구의회 의장이 지난해 7월에 시에 건의한 「큰마을네거
리에서 은하수네거리 구간 차로확장」에 대해 시는 병목구간 확장
에 대한 시비 2억원의 예산을 반영했고 올 9월 공사가 완료됐다.
김 의장은 "그동안 시민들이 많은 교통불편을 감수했는데 이제라
도 도로가 확장되어 다행"이라며 "앞으로도 주민을 위한 적극적
이고 능동적인 의정활동을 펼쳐 나가겠다"고 말했다.

4장. 생활정치로 한걸음 더 나아가다

투명한 의회, 신뢰의 첫걸음

2018년 10월, 나는 깊은 고민 끝에
'의원윤리강령 및 행동강령' 강화를 추진했다.

정치가 신뢰를 잃으면
아무리 좋은 정책도 빛을 잃는다.
나는 그 사실을 누구보다 절실히 알고 있었다.

그래서 의회 스스로 먼저 투명해지기로 했다.
의원 행동강령 자문위원회를 외부 인사로 구성하고,
업무추진비 공개 조례도 직접 발의했다.

어떤 정치인은 투명성을 부담스러워하지만,
나는 오히려 그것을 '정치의 가장 안전한 길'이라 여겼다.

부끄럽지 않을 의회,
떳떳하게 설명할 수 있는 의회—
그게 내가 꿈꾸던 모습이었다.

현장에서 배우는 행정

10월의 어느 날,
아파트 경로당 개소식 도중 갑작스러운 폭음과 화재로
발길을 돌려 현장으로 달려갔다.
타는 냄새와 놀란 주민들 사이에서 나는 정치적 직책보다
'한 사람의 어른'으로 서 있었다.
다행히 큰 피해는 없었다. 불은 금세 잡혔다.
하지만 나는 그날,
"정치는 현장에서 늘 대비하고 있어야 한다"라는
단순하지만 강한 원칙을 다시 가슴에 새겼다.

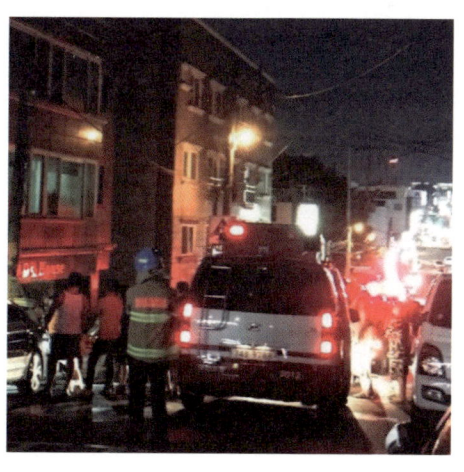

5장. 주민의 삶 속에서 답을 찾다

노래가 흐르는 경로당에서

2018년 겨울이 가까워지던 어느 날,
둔산2동 노래교실의 야유회에 참석했다.
어르신들이 마이크를 잡고 노래를 부르며
빼곡히 찬 강당이 웃음으로 흔들리던 순간,
나는 어르신들에게 음악은 단순한 취미가 아니라
삶을 견디는 힘임을 깨달았다.

지역 정치란, 바로 그런 '삶의 작은 힘'을 지켜주는 일이다.

전통시장 상인들과의 대화

12월이 가까워져 오자
나는 여러 상인회와 잦은 간담회를 가졌다.

전통시장은 지역의 뿌리이자 골목 공동체의 심장이다.

그곳에서 나는
시장 상인들의 열정, 고단함,
그리고 불안 속에서도 지켜온 자부심을 들었다.

"장사라는 게요, 의원님… 꿈이 있어야 하는 거예요."
한 상인의 이 말이 내 마음을 오래 울렸다.
정치인은 결국 그 꿈이 꺾이지 않도록 지켜주는 사람이 되어
야했다.

풀뿌리 정치의 의미를 새기다

영광스럽게도 '2018 풀뿌리 자치 의정 발전 대상'을 수상했
다. 상패를 받으며 가장 먼저 떠오른 얼굴은 지역 주민들이었
다.

그들의 격려, 그들의 조언,
때로는 따끔한 질책까지—
모두가 나를 더 나은 방향으로 이끌어준
소중한 힘이었다.

그날 나는 다시 다짐했다.

"정치는 주민이 키운다."
그리고 나는 그 주민들이 키운 정치인이 되고 싶었다.

행정과 의회의 가교로 서다

12월 4일,
예산안 심사로 분주했던 시기,
나는 예산의 무게를 더 깊이 실감했다.
금액이 아니라,
그 금액이 향하는 '사람' 때문에.
복지, 환경, 교육, 교통—
모든 항목의 공통점은 결국 사람이었다.

예산안 심사는
종이에 찍힌 숫자를 읽는 일이 아니라
주민의 삶을 읽는 일이었다.

그래서 나는 의원 업무추진비 공개 조례를 발의하며
"의회와 행정은 주민 앞에 투명해야 한다"라는 신념을
또 한 번 증명하고자 했다.

6장. 나눔과 공존을 향하는 걸음

자원봉사자들과 함께 보낸 겨울

2019년 1월,
연말연시의 차가운 공기를 데우는 건
누군가의 작은 나눔이었다.
서구 자원봉사회 떡국 나눔 행사에서
나는 어르신들을 향한 따뜻한 마음을 보았다.
작은 봉투 하나, 떡국떡 한 봉지에
'정성'이라는 단어가 고스란히 담겨 있었다.

정치는 많은 것을 바꿀 수 있지만
'사람의 마음'만큼은
정치가 아닌 사람들이 직접 움직이는 힘이었다.

아이들의 꿈에 귀를 기울이다

서구청 직장어린이집 졸업반 아이들이 의회를 방문했다.
작은 손, 작은 목소리,
그러나 그 속에는 '미래'를 향한 강한 의지가 있었다.

한 아이가 직접 그린 격려 카드에는

"의장님, 힘내세요."
라는 말이 적혀 있었다.

나는 그 짧은 문장에서 수백 가지의 정책보다 더 큰 책임감
을 느꼈다.
이 아이들이 더 안전하고, 더 공정하고,
더 희망 있는 사회에서 살아가게 해야 한다.
그것이 내가 정치인이 된 이유였다.

7장. 위기 속에서 드러나는 공동체의 얼굴

2020년 2월,
익숙했던 계절의 냄새가 사라지고
세상은 갑작스럽게 다른 속도로 움직이기 시작했다.

코로나19라는 전무후무한 감염병이
도시 전체를 조용히, 그러나 무섭게 잠식했다.

나는 매일 재난상황실을 들렀다.
장비를 점검하는 공무원들의 눈빛은
긴장과 책임감이 교차하고 있었고,
그 눈빛을 보며 나는 깨달았다.

정치는 위기 속에서 가장 먼저 흔들리는 것이 아니라
가장 먼저 서야 하는 자리라는 것을.

방역 체계 강화, 직원 마스크 착용, 민원실의 출입 제한 등
당시로선 과감한 조치들이 하나둘 시행되었다.
그 결정 하나하나가
'생명을 지키는 정치'임을 매일 실감했다.

마스크 한 장의 값진 의미

3월 초,
월평1동의 작은 공방에서
주민들이 손수 마스크를 만드는 모습을 보았다.
천 조각 위에 한 땀 한 땀 박음질을 더 하며
그들은 "누군가에게 도움이 되고 싶다"라고 말했다.

나는 그 진심 앞에서
정치인의 말과 정책보다
'주민의 손'이 더 빨리 움직인다는 사실을
다시 한번 깊이 배웠다.

수제 마스크를 기부하려는 주민들의 제안,
힘든 대구에 보내기 위한 빵 봉사까지—
위기의 한가운데서
서구는 놀라운 연대의 얼굴을 드러냈다.

서로를 지켜주는 작은 마음

연말이 되면 많은 단체가 불우이웃돕기
소외 계층에 대한 지원을 나선다.
지역의 자생단체 회원들과 많은 곳을
돌아보고 주민의 구석구석 살펴본다고 하지만
놓치는 곳이 많은 게 아쉬울 때가 있다.
복지의 사각지대에 놓인 구민을 찾는데
더 관심을 가져야겠다는 마음으로
경찰, 소방공무원 여러분을 의원들과 찾아본다.
나의 부친은 경찰관을 하셨기에 더욱 감회가 새롭다.

'안전'이라는 두 글자가 얼마나 많은 사람의 헌신과
땀으로 지켜지고 있는지를 다시 깨달았다.
경찰관, 소방관들의 손은 차가웠지만,
그들의 눈빛에는 지역을 향한 책임감으로 따뜻함이 깊게 담
겨 있었다.

그 자리에 함께 서 있는 것만으로도 나는 알 수 있었다.
정치는 거창한 담론보다 이렇게 '서로를 지켜주는 작은 마
음'에서 시작된다는 것을.

구민의 삶은 현장에서 보인다

살아 있는 정치란
의원실 책상 위에서 만들어지지 않는다.
현장에서, 주민들의 삶을 직접 마주할 때 비로소 태어난다.

노인 복지의 현장에서 들은 삶의 무게

어르신 일자리 발대식에서는
연세 많은 분들이 안전교육을 꼼꼼히 듣는 모습을 보며
내 마음은 숙연해졌다.

일을 하고 싶다는 건
경제적 이유만이 아니었다.
사회 속에서 계속 '필요한 존재'로 남고 싶은 마음이었다.

2018년 노인일자리 및 사회활동지원사업 **해단식**

▶일시: 2018년 12월 19일(수) 10시 ▶장소: 유등노인복지관 3층 대강당

갈마공원과 풋살장, 일상의 작은 균열

갈마공원 풋살장을 찾았다.
부서진 인조 잔디 사이로 사용하시던 주민들의 불편함과 위
험성이 고스란히 드러나 있었다.

"이대로 운동하기 어려워요."
풋살 동호인의 짧은 한마디는
지역 시설의 한계와 개선점을 함축하고 있었다.

나는 이 문제를 해결하기 위해
전면 교체가 필요하다는 의견을 정리해
집행부와 빠른 협의를 이어갔다.

정치는 때로 거대 담론보다
'잔디 한 올을 갈아 끼우는 일'에서
주민들의 신뢰를 얻는다.
걷는 길마다,
만나는 사람마다,
눈에 보이는 문제마다
지역 정치인은 멈춰 있는 시간을 다시 흐르게
만드는 사람이 되어야 했다.

구민이 함께하고 참여하는 의회

　의회 본회의장에서 의원과 직원, 그리고 방청객이 함께 자리
한 이 장면은
　내가 그토록 바라고 노력했던 '참여하는 의회'의 완성된 모
습 중 하나였다.

　회의장은 단순히 결정을 내리는 공간이 아니라
　주민의 삶을 담아내는 공공의 무대였다.

　나는 그곳에서 늘 '대화하는 의회'를 꿈꿨다.
　정쟁보다 협력이,
　비판보다 대안이,
　대립보다 공존이 더 많이 오가는 의회를 말이다.

　정치란 결국,
　모두가 같은 방향을 향하도록 마음을 모으는 일이니까.

청년의 목소리를 듣다

청년들과 주민들이 뒤섞여 환하게 웃고 있는 사진 속 장면을
볼 때마다
나는 그날의 설렘을 떠올린다.

청년들이 지역의 소식을 직접 전하고,
정책의 현장을 스스로 찾아 기록한다는 건
단순한 '홍보' 이상의 의미였다.

그건 지방자치에 새로운 세대가 참여하는 통로였다.
그리고 나는 그 통로가 더 넓고 밝아지기를 바랐다.

청년들이 지역을 떠나는 시대에
서구는 그들에게 '머물 이유'를 만들어야 했다.
그 이유 중 하나는 바로
'함께 변화할 수 있는 공간'이었다.

그 공간을 만들기 위해 나는 항상 귀를 열고,
그들의 목소리에 먼저 다가가려 노력했다.

마을과 행정이 손을 맞잡던 날

도마2동 도솔마을 현장지원센터 개소식에서,
색색의 리본을 끊으며 함께 웃고 있는 이 사진은
지역 공동체가 '행정의 지원'이라는 뿌리 위에
'주민의 참여'라는 잎을 틔워내던 상징적인 순간이었다.

현장을 찾아가 마을의 변화를 직접 확인한 그날,
나는 '사람 중심의 도시'가 무엇인지 다시 생각했다.

마을은 단지 공간이 아니라
사람과 사람이 연결되고, 서로 돌보며, 함께 성장하는 그 자
체였다.

현장지원센터는 그런 마을의 심장과도 같은 곳이었다.
주민의 힘으로 운영되고,
행정이 든든한 울타리가 되어주는 구조.

그 속에서 나는
정치가 마을을 바꾸는 것이 아니라
마을이 정치를 바꾼다는 사실을 다시 배웠다.

의회를 이끄는 망치의 울림

나무망치(의사봉)를 들어 올리는 순간,
의장석 앞의 공기는 늘 묘한 긴장과 책임으로 가득했다.

회의를 개의하는 짧은 동작 하나에도
수많은 주민들의 삶이 걸려 있다는 무게가 실려 있었다.

의장이라는 자리는 화려함보다 고독이 많았고,
박수보다 판단의 부담이 더 컸다.

하지만 나는 그 자리를 마다하지 않았다.
주민을 향한 길 위에서 그 책임조차 감사한 일이었기 때문이다.

청년들과 함께 만드는 새 얼굴

서구 블로그 기자단 위촉식.
젊은 세대 특유의 다채로운 표정과 활력이 방 안을 가득 채웠다.

"서구 홍보 기대하세요!"

아이돌 팬클럽 응원처럼 들리는 그 말이
순간 의외로 가슴 깊은 곳을 울렸다.

청년들이 지역을 말하고,
지역을 기록하며,
지역의 문제를 함께 고민한다는 사실만으로도
나는 희망을 보았다.

나는 새로운 세대가 바라본 서구의 이야기를 들을 수 있었
다.
젊은 에너지, 밝은 표정,
그리고 지역을 자발적으로 기록해 보고자 하는 의지가
공간을 환하게 비추던 순간이었다.
사진 속에서 기자단이 손가락 하트를 만들며 웃고 있는데,
그 모습은 마치
"정치는 멀리 있지 않아요. 여기, 우리 일상 안에 있어요."라
고 말하는 것 같았다.

나는 이들과 함께하며
정치가 청년들에게 '닫힌 문'이 아니라,
'함께 여는 문'이 되어야 한다는 확신을 얻었다.
정치가 청년에게 다가가는 게 아니라,

청년이 정치의 일부가 되어가는 과정이 바로 여기구나.

어버이날의 작은 상장 한 장

둔산 1·2·3동 모범 주민들께 표창을 드리며
나는 그들의 눈빛에서
오랜 세월 지역을 지켜온 단단한 마음을 보았다.

그 표창장은 결코 단순한 종이가 아니었다.
그 안에는
수십 년 동안 동네를 가꾼 손,
서로를 위해 시간을 내어준 마음,
누군가를 도우며 하루를 보냈던 기억들이 담겨 있었다.

정치인이 칭찬받아야 할 이유는 많지 않지만,
주민이 칭찬받아야 할 이유는 늘 넘쳐난다.
그날은 그런 마음이 더욱 선명하게 다가왔다.

8장. 함께 만든 변화, 서로에게 남은 온기

길 위의 민원을 기억하다

한낮의 햇살이 길게 내려앉던 어느 날,
버스정류장 앞 보도는 자갈과 돌이 뒤엉켜
주민들의 큰 불편을 낳고 있었다.

"아이들 유모차가 넘어져요."
"어르신들이 발목을 삐끗하셨어요."

작은 불편이지만 매일 이 길을 지나야 하는 주민들에게는 큰
위험이 되고 있었다.
나는 즉시 현장으로 향했고, 불규칙하게 깔린 자갈밭 위로
불편한 걸음을 옮기며
"길 하나가 삶 전체를 바꿀 수 있다"라는 단순한 진실을 다시
배웠다.
정치는 결국
'보이지 않던 불편을 보이는 변화로 만드는 과정'이었다.
그리고 그 변화의 첫 출발은 언제나 현장에서 주민의 이야기
를 듣는 일에서 비롯된다.

사람답게 사는 서구를 꿈꾸며

2년간에 제8대 전반기 의장 임기 동안 혁신적인 정책으로 의회를 바꾸고 싶었다.

직선으로 구민이 뽑아준 의원이 가장 우선적인 것이 구민의 아픈 곳을 치유하는

역할이고 모든 것에 모범이 되어야 한다는 나의 신조는 지금도 변함이 없다.

배재대학교에서 전국 최초로 '찾아가는 의회'를 열어 본회의를 개최했고,

청년의 목소리를 듣고 그 캠퍼스 내에서 대학생들의 어려움을 듣고 개선하고 자 했으며

여러 혁신적인 정책과 일하는 의회를 만든다는 덕분에 동료 의원들과 의회 공무원들에게 미안한 마음도 들었지만, 그 결과를 반영하듯 2021년, 대전 서구의회가 전국에서 기초자치단체 중 유일하게 의정 대상을 수상하는 영광도 안았다. 고생했던 피로가 싹 풀린다.

누군가 내게 물었다.

"당신은 왜 이 길을 택했는가?"

나의 답은 언제나 같았다.

"사람답게 사는 서구를 위해서."

새롭게 구민을 생각하는 길로~

나에게 서구의장이란 직책은 그저 '직무'가 아니라,
우리 서구가 더 따뜻한 곳이 되길 바라는
구민 여러분의 마음을 대신 전하는 자리였다.
때로는 부족했고, 때로는 더 잘하고 싶어 잠 못 이루던 밤도
있었지만
나를 지탱해 준 것은 구민의 믿음과 응원이었다.
길을 지나며 건네주신 작은 격려,
변화를 바라는 간절한 목소리들…
그 모든 것들이 나를 움직였고, 의회가 나아갈 방향을 촛불
같이 밝혀 주었다.
의장의 임기는 끝나지만 구민을 생각하는 마음만큼은 결코
내려놓지 않을 것이다.
어떤 자리에서든, 어떤 역할로든
대전 서구의 더 나은 내일을 위해 늘 함께하겠다.
그동안 과분한 사랑과 신뢰를 보내주신
모든 분께 진심으로 감사드린다.

의정활동을 마치며 다시, 길을 묻다

어느 날 늦은 오후, 의회 건물을 나서며 문득 뒤돌아본 적이 있습니다. 낮 동안 수없이 오가던 그 복도와 의장석, 늘 보던 벤치와 나무 한 그루가 그날따라 유난히 조용히 나를 바라보고 있는 듯했습니다.

정치는 언제나 '앞으로 가는 길'이라고만 생각해 왔지만,

사실 그 길은 때때로 뒤돌아보아야 더 분명해졌습니다.

내가 누구였는지, 누구를 위해 걸어왔는지, 그리고 앞으로 어디를 향해야 하는지를.

지난 시간 동안 나는 지역 곳곳에서 많은 얼굴을 만났습니다. 힘겨운 장마 속에서도 매장을 지키던 상인, 새벽같이 버스를 타고 학원을 향하던 청소년, 작은 편의점 앞에서 손자·손녀 간식을 사던 어르신… 그 삶들이 모여 '서구'라는 이름을 만들었고, 그 삶들이 내 정치의 이유가 되었습니다.

사진 속의 순간들은 '기록'이 아니라 '약속'이었다

사진 속에 서 있는 나는 누군가와 악수하고, 미소 짓고, 때로는 무거운 표정으로 현장을 바라보고 있습니다.

그 장면들은 단순한 활동 기록이 아니라 "내가 당신들의 삶을 지키고 함께 하겠다."는 약속의 증거였습니다.

사람과 사람이 더불어 살아가는 지역 정치는 결코 멀리 있는 거대 정치가 아니라, 오늘도 골목을 걸어가는 주민 곁에 있는 작고 확실한 책임이었습니다.

나는 다시 묻습니다

"정치는 무엇이어야 하는가."

그 답은 이제야 조금 알 것 같습니다. 정치는 바쁘게 뛰는 발걸음이기도 하고, 천천히 앉아 한 사람의 고민을 듣는 마음이기도 하며, 한 장의 사진에 담긴 작은 미소가 누군가의 하루를 지탱하는 힘이 되는 과정이기도 했습니다.

그리고 무엇보다, 정치는 '사람'입니다.

앞으로도 나는 그 길을 걸어가겠다

우리 동네의 가장 낮은 목소리부터 귀 기울이며, 눈에 잘 띄지 않던 작은 요구에도 손을 내밀며, 때로는 부드럽게, 때로는 단단하게 정치가 삶에 스며들도록 만들겠다.

변함없이, 늘 처음처럼.

그 마음을 지키며 다시 길 위에 선다.

Chapter **4**

봉사활동

1. 노란 조끼를 입은 날

2017년 6월 24일, 주방 한가운데 커다란 빨간 대야 하나가 놓여 있었다.

살얼음이 살짝 낀 생닭이 한가득 담긴 그 대야를 두 팔로 안아 들고, 나는 봉사회 창립 이후 처음으로 참여하는 봉사에 들어섰다. 노란 조끼를 맞춰 입고 모인 십여 명의 이웃들과 함께였다.

평소엔 각자의 일터에서 바쁘게 살던 사람들이

"한 달에 하루, 넷째 주 토요일만큼은 함께 모여 보자"는 약속에 마음을 모았다.

마땅한 회의실도, 사무실도 없었지만, 둔산복지관의 좁은 부엌은 어느새 우리의 '작은 시민청'이 되었다.

첫 메뉴는 삼계탕이었다.

식당 문이 열리고, 지팡이를 짚은 어르신들이 하나둘 들어와 "오늘은 무슨 날인가" 웃으며 자리에 앉으실 때, 나는 비로소 봉사라는 말의 무게를 실감했다.

정치가 누군가의 삶을 바꾸는 일이라면, 그 시작은 바로 이 따뜻한 밥 한 그릇에서 출발해야 한다고 느꼈다.

2. 한 달에 한 번, 잊지 않고 돌아오는 약속

처음처럼봉사회는 거창한 조직이 아니었다.

지역에 사는 이웃들이 자발적 회비를 모아..

오늘은 우리지역 K-WATER "물사랑 나눔봉사단"과 함께했다. 직접 장을 보고, 식재료를 사서, 메뉴를 정하고, 설거지까지 도맡아 했다.

여름에는 삼계탕과 냉면, 겨울에는 떡국과 제육볶음, 계절이 바뀔 때마다 메뉴도 달라졌다. 어르신들의 입맛을 먼저 떠올리며 "이건 너무 짜지 않을까?", "이 나이에 고기는 퍽퍽하지 않을까?"

서로 의견을 나누는 과정 자체가 지역정치의 한 풍경이었다.

어느 겨울, 예상보다 많은 분들이 찾아와 밥이 모자랐던 날이 있었다. 회원들은 남김없이 어르신께 먼저 드리고 본인들은 라면으로 간단히 끼니를 대신했다.

"그래도 뿌듯하네."

누군가가 웃으며 한 그 한마디는, 봉사를 부담이 아닌 일상의 일부로 받아들이는 마음가짐을 그대로 보여준다.

주민과의 신뢰를 쌓는 정치적 기본 훈련이었다.

정치인이기 이전에, 같은 동네에 사는 이웃으로서

눈을 맞추고 이름을 기억하는 일이었다.

3. 명절밥상, 사랑의 밥차, 그리고 거리의 식탁

 봉사의 현장은 복지관을 넘어 거리로 확장되었다.
 임시로 마련된 '거리 식당'을 꾸렸다.

 긴 식탁 위에 떡국과 반찬이 차려지고,
 어르신들이 줄지어 앉아 따뜻한 식사를 나누는 장면은
 행정회의실에서 보는 통계자료보다 훨씬 생생한 '복지의 지
표'였다.
 이 현장에서 나는 '사회적 안전망'이
 법 조항이나 예산 숫자를 넘어
 그 토대에는 수많은 사람의 땀과 웃음,
 그리고 이름 없는 노력이 겹겹이 쌓여 있다는 것을,
 그 순간 더 깊이 체감했다.

4. 교회 마당에서 시작된 또 다른 연대

대전제일교회는 오랫동안 내가 섬겨 온 신앙 공동체였다.
교회는 예배당이면서 동시에 지역사회 복지의 거점이기도
했다.

추운 겨울, 폐지를 줍는 어르신들을 위해
가볍고 야간 경광등을 달아 제작한 리어카를 전달하는 행사
는 신앙과 복지가 만나는 지점을 상징적으로 보여줬다.

또한 추수감사절과 성탄절이 되면 교회는 노숙인과 취약계
층을 위한 급식과 나눔의 공간으로 변했다.
대전역 앞에서 진행된 노숙인 섬김 행사는
"예배당 안의 신앙이 거리에서 어떻게 실천될 수 있는가"에
대한 하나의 답처럼 느껴졌다.

정치는 종교와 분리되어야 하지만, 정치인의 가치관을 형성
하는 데 있어 신앙 공동체에서 경험한 연대와 책임의식은 분
명한 영향을 미쳤다.
이 점을 인정하면서도, 나는 모든 주민이 종교와 상관없이
존중받는 세속적 행정을 지향하고자 했다.

5. 빗자루와 집게, 생활정치의 도구들

명절 전후로 이어지는 국토대청결운동과 동네 청소에는 늘 많은 자생단체가 참여했다.
세이브존과 국화아파트 사이, 들린 보도블록을 점검하고 쓰레기를 주워 담는 일은 눈에 잘 띄지 않는 작업이지만 주민의 안전과 삶의 질에 직결된 중요한 현안이었다.

이 과정에서 주민들은 불편 사항을 직접 이야기하고, 공무원과 함께 해결책을 논의했다. 나는 그 현장을 기록하며, "행정과 정치, 주민이 한 자리에서 만나는 장"이 바로 이런 생활 현장이라는 사실을 거듭 확인했다.

청소 도구와 쓰레기 봉투, 반짝 조끼와 모자는 우리에게 국회 연단 못지않게 중요한 정치의 도구였다.
장시간 회의보다, 한 시간의 거리 정화가 주민의 신뢰를 더 두텁게 만드는 경우도 많았다.

6. 계절의 정치 – 김장, 트리, 그리고 축제의 밤

늦가을, 겨울이 시작되면 봉사의 풍경도 달라졌다.
서구 복지만두레, 자원봉사회, 여러 단체들이 모여
한 해의 마지막 김장을 담갔다.
김치 한 포기에 담긴 정성과 걱정,
그리고 "이 집엔 아이가 몇 명이더라" 하는 세심한 기억은 행정이 채 다 담아내지 못하는 '마을 데이터'였다.

보라매공원 크리스마스트리 점등식은
신앙을 넘어, 50만 서구 주민에게 열려 있는 축제였다.
불이 켜지는 순간, 어린아이부터 어르신까지
저마다의 소망을 담아 나무를 바라보았다.

나는 기도와 축사를 통해
"이 불빛이 소외된 이웃의 삶까지 비출 수 있기를" 바랐다.
잔치와 나눔이 함께 이루어지는 계절 속에서,
정치는 주민의 일상 감정과 맞닿을 때 비로소 힘을 얻는다는 사실을 깨달았다.

7. 재난 앞에서, 정치의 본모습을 생각하다

2020년 여름, 코스모스아파트 일대에는 큰 수해가 닥쳤다.
의원 전원과 사무국 직원들이 현장을 찾았고,
지하 예배당에 가득 찬 흙탕물을 퍼내며
군장병, 자원봉사자와 함께 삽을 들었다.

정치인은 현장에서 사진 한 장 찍고 떠난다는
냉소적 시선을 의식하지 않을 수 없었다.
그래서 더욱 오래 남아
마지막 자루를 옮길 때까지 함께하고자 했다.

수해 복구는 '쇼'가 아니라
지역 공동체가 위기 앞에서 얼마나 단단한지 확인하는 과정
이었다.
그 속에서 나는
"위기일수록 행정과 정치, 군, 시민사회가
어떻게 역할을 나누고 협력해야 하는가"를 몸으로 배웠다.

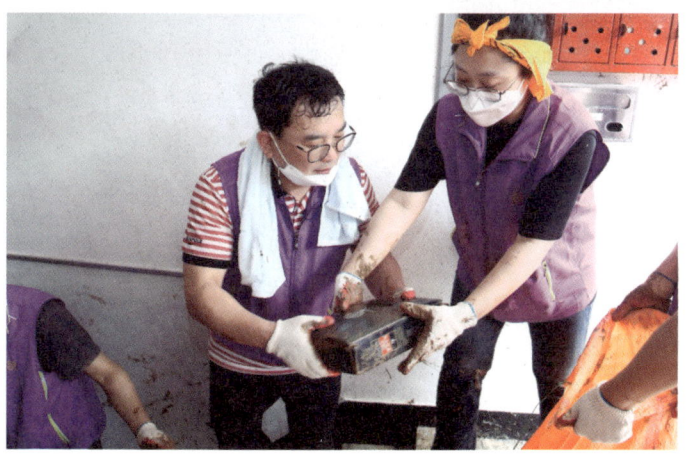

8. 코로나 시기, 백신 접종센터에서

코로나19가 확산되던 시기,
도솔체육관은 하루아침에 백신 접종센터로 바뀌었다.
대전서구 적십자봉사회, 자율방범대, 공무원, 의료진이
한 공간에서 움직였다.

나는 둔산동 어르신들이 안전하게 접종을 마칠 수 있도록 안
내와 동선을 돕는 역할을 맡았다.
예상치 못한 부작용에 대한 불안,
정보 격차로 인한 혼란도 현장에서는 고스란히 드러났다.
간단한 설명이지만,
"괜찮습니다, 천천히 하셔도 됩니다"라는 말 한마디가
어르신들의 표정을 누그러뜨렸다.
방역과 접종이 단순한 의학적 행위가 아니라
사회적 신뢰 형성의 문제라는 것을 다시 한 번 실감했다.

9. 태극기, 현충원, 그리고 적십자 표창장

대전현충원은 나에게 각별한 장소다.
평생 경찰관을 하시던 부친에 대한 애정도 있으리라.

서구 적십자봉사회와 함께 현충원 묘역의 태극기를 수거하고 묘비 주변을 정리하는 봉사에 참여했을 때,
나는 국가와 개인, 과거와 현재가 한 점으로 모이는 경험을 했다.

오랫동안 이어 온 적십자 활동은
2023년 창립 118주년 기념식에서
20년 장기 봉사 표창으로 이어졌다.

RCY 시절부터 시작된 인연이 어느새 40년에 이르렀다는 사실은 나에게도 뜻깊었다.
그러나 이 표창은 개인의 영광이라기보다
익명의 수많은 봉사자들을 대표해 받은 것이라 생각했다.
정치적 직함보다 봉사자의 이름이 먼저 불리는 사회,
그것이 내가 꿈꾸는 기본사회에 더 가깝기 때문이다.

10. 샌드위치 한 봉지에 담긴 정치철학

2025년부터는 '주주샌드위치 봉사단'과 함께
매월 한 번씩 샌드위치를 만들어
서구 관내 취약계층을 찾아가는 활동을 시작했다.

이 봉사는 비교적 소규모 활동이었다.
그러나 문을 두드리고 안부를 묻는 그 짧은 순간,
어르신과 장애인, 한부모 가정은
단지 복지 대상이 아니라, 이름을 가진 이웃으로 다가왔다.

어느 날에는 국회의원이 된 장종태 의원이 예고 없이 봉사
현장을 찾아와 함께 샌드위치를 나누어 드렸다.
주민들은 "국회의원이 이런 곳까지 오시느냐"며 놀라워했지
만, 나는 오히려 "정치가 바로 이런 곳에 먼저 와야 한다"고
생각했다.

정치가 거대 담론과 이념만을 말하기 시작하면
현실의 삶과 멀어지는 것을 우리는 여러 번 목격했다.
샌드위치 한 봉지에 담긴 영양과 정성은
그런 추상적인 정치에 작은 균열을 내는 실천이었다.

11. 비가 오면 배수구로, 눈이 오면 재설제로

서구 자율방재단과 함께한 활동은
'보이지 않는 안전'을 위한 일이었다.
담배꽁초 오물로 뒤덮여 배수 처리 기능을 못하는 하수구를
파내고, 냄새나는 오물을 깨끗이 치울때면 내 마음속도 깨끗
해 지는 느낌이다.

장마철이 다가오면 상가 주변 배수구를 열어
막힌 곳이 없는지 점검하고 청소했으며,
겨울이 오기 전에는 재설제 보관창고를 확인하여
눈이 올 때 바로 투입할 수 있도록 준비했다.

재난은 예고 없이 찾아오지만, 준비는 평소의 습관에서 나온
다. 방재단 활동은 바로 그 습관을 만드는 과정이었다.

정치인은 종종 재난 현장에서 '사진 찍는 사람'으로 비판받
지만, 실제로 가장 중요한 것은 재난이 닥치기 전에 지역 시스
템을 얼마나 정교하게 만들어 두느냐에 있다.
그 과정에 참여한 주민들의 얼굴을 떠올리면,
내가 맡고 있는 역할의 무게를 다시 한 번 느끼게 된다.

12. 봉사가 남긴 것, 정치가 나아갈 길

 2017년 둔산복지관 주방에서 삼계탕을 끓이던 날부터 2025년 샌드위치 봉사, 예산 수해 복구 지원에 이르기까지 봉사의 현장은 끊임없이 변했다.

 어르신 급식, 사랑의 밥차, 김장과 송편, 청소와 환경정비, 수해 복구와 방역 지원, 현충원 태극기 정리, 적십자 활동, 자율방재단, 샌드위치 나눔…. 이 모든 활동을 관통하는 한 가지 공통점이 있다. 바로 "정치 이전에 사람"이라는 원칙이다. 봉사는 나에게 몇 가지 분명한 가르침을 주었다.

 1. 정치는 숫자보다 얼굴을 먼저 기억해야 한다.

 예산과 통계는 반드시 필요하지만, 밥 한 그릇을 마주한 어르신의 미소, 샌드위치를 받으며 "고맙다"는 작은 목소리가 정책의 방향을 더 정확하게 알려준다.

 2.정치는 특정 계층의 전유물이 아니다.

 봉사 현장에서 만난 사람들은 누구도 "정치인답게 말해 달라"고 요구하지 않았다. 그들은 그저 자기 삶을 이해해 주는 사람을 원했다. 그런 의미에서 봉사는 정치와 주민 사이의 거리를 자연스럽게 좁혀 주는 매개였다.

3. 정치는 '한 번의 이벤트'가 아니라 '반복되는 약속'이다.

매월 넷째 주 토요일, 아무리 바빠도 복지관으로 향했던 발걸음은 나 자신에게 한 약속이기도 했다. 그 약속을 지켜온 시간이 쌓여 지역 주민과의 신뢰 자본이 되었다.

나는 앞으로도 봉사를 통해 정치를 배우고자 한다.

봉사와 정치를 굳이 분리하지 않고, 봉사하는 정치, 정치하는 봉사로 이어가고자 한다.

지역 곳곳을 다니며 만난 수많은 손과 얼굴들,
밥과 국, 빵과 김치, 리어카와 빗자루, 샌드위치와 태극기….
이 모든 것이 모여
나에게는 하나의 문장으로 정리된다.

결국 정치는 사람 곁에 서 있는 봉사여야 한다.

이 장을 마치며
나는 앞으로도 그 길을 계속 걷겠다고
조용히 다짐한다.

다시, 길 위에서

정치를 시작하고부터 지금까지,
나는 늘 '길 위의 사람'이었다.

주민들이 걷는 골목길, 아이들의 등굣길, 어르신들의 발걸음
이 머무는 작은 마을길,
그리고 행정과 의회 사이를 오가며
보이지 않는 책임의 길까지—
그 길을 걷는 동안 나는 삶이 얼마나 많은 목소리로 말하고
있는지 알게 되었다.

세상은 거대한 담론으로만 움직이지 않았다.
아이의 작은 손에서 시작한 요구가 도시의 안전망을 넓혔고,
한 상인의 짧은 호흡에서 지역경제의 진실이 드러났으며, 어
르신의 조용한 눈빛 속에 복지의 방향이 숨어 있었다.
정치는 그렇게 '사람의 속도'로 움직이는 일이었다.

나는 그 속도를 잃고 싶지 않았다.
내가 앞서 달리는 것이 아니라,
함께 걸으며 주민의 일상 속으로 천천히 스며드는 것.
그것이 내가 꿈꾸는 정치의 방식이었다.

수많은 회의와 현장 방문,
때로는 쓴소리와 밤늦은 고민들까지—

정치는 사람을 변화시키는 것이 아니라,
사람의 삶을 더 나은 곳으로 옮겨 놓는 일.
그 단순한 진리를 잊지 않는 한, 나는 흔들리지 않을 것이다.

앞으로도 나는 이 길을 계속 걸어갈 것이다.
비록 더디더라도, 때로는 돌아가더라도,
늘 처음처럼, 맨발로라도 걸어가겠다.
주민의 손을 잡고, 삶의 현장을 바라보며,
서구라는 한 지역의 미래가 조금 더 밝아지기를 바라면서.

이 책을 덮는 이 순간에도 나는 다시 길 위에 서 있다.
더 좋은 내일을 향해, 더 따뜻한 지역을 위해,
그리고 그 길에서 만날 모든 이들을 위해—
오늘도 나는 한 걸음을 내딛는다.

감사의 말

이 책을 완성하기까지, 수많은 분들의 손길과 마음이 함께했다. 그 모든 분들께 깊은 감사의 인사를 전한다.

먼저, 늘 조용한 응원을 보내주신 지역 주민 여러분.
여러분의 작은 목소리, 때로는 큰 용기, 그리고 따뜻한 미소가 제가 이 길을 걸어올 수 있었던 가장 큰 힘이었다.
정치는 혼자 하는 일이 아니며, 여러분이 있었기에 저는 매 순간 흔들리지 않을 수 있었다.

현장에서 땀을 흘리며 지역을 지켜주신 공무원 여러분,
복지관과 현장센터의 활동가들,
마을의 문제를 누구보다 먼저 감지해주신 주민자치위원회와 봉사단체 여러분.

그리고 바른 정치인으로 키워 주신 박범계의원님.
구청장 시절 의장으로서 환상의 호흡을 맞추던 장종태의원님.
늘 곁에서 함께해주셔서 진심으로 감사드린다.
우리들의 노력이야말로 서구를 움직여온 보이지 않는 엔진이었다.

또한 의정 활동 내내 함께 고민하고 견제하고 협력해온
동료 의원들께도 감사의 마음을 전한다.
서로의 생각이 달라도, 지역을 향한 마음만큼은 같았다는 사
실을 나는 오래 기억할 것이다.

마지막으로,
늘 가까운 곳에서 묵묵히 버팀목이 되어준 가족에게 고맙다.
기쁠 때도, 지칠 때도, 아무 말 없이 다독여준 아내……
그 존재가 나를 오늘의 이 자리까지 이끌어 주었다.
동행에 감사하는 마음을, 이 책으로 보답하고 싶다.

이 감사의 말은 끝이 아니라, 새로운 시작이다.
앞으로도 나는 여러분과 함께
더 따뜻한 서구, 더 건강한 공동체,
그리고 더 성숙한 지방정치를 만들어가겠다.

진심을 다해,
고맙습니다.

촛불, 서구를 밝히다

1판 1쇄 인쇄 2025년 12월 25일
1판 1쇄 발행 2025년 12월 25일

지은이 : 김창관
발   행 : 홍기표
인   쇄 : 주식회사 솔텍피엔디
디자인 : 이소영

글통 출판사 출판 등록 2011년 4월 4일(제319-2011-18호)
facebook.com/geultong
e메일 geultong@daum.net
전화 02 780-4534 팩스 02-6003-0276
ISBN 979 -11- 94546 -14-6

가격 : 20,000원